朵貝・楊笙經典童話 7

MOOMIN

姆米爸爸航海記

Pappan och havet

朵貝・楊笙｜Tove Jansson
李斯毅 譯

目次

登場人物介紹

姆米托魯 Moomintroll

姆米故事的主角，對任何事物都充滿好奇心。姆米托魯喜歡在大海游泳、蒐集貝殼，以及和朋友到未知的地方探險。

姆米媽媽 Moominmamma

溫柔又慈祥的母親，是姆米一家的中心。對於所有造訪姆米家的客人都溫暖的迎接他們。

姆米爸爸 Moominpappa

姆米家的父親，喜好哲學思想。雖然嚮往著獨自流浪，但是對姆米爸爸而言，保護家人是他最重大的責任。

米妮 Little My

姆米一家收養的孩子。米妮頑皮搗蛋，喜愛災禍與惡作劇，但也總是最能夠洞悉事情真相。

莫蘭 The Groke

莫蘭冰冷又灰暗，看起來就像是一團冰塊。莫蘭喜歡靠近溫暖的火把，並一屁股坐上去。凡是她坐過的地方，花草都會枯萎，只留下一片冰霜。

海馬 The sea-horses

月圓之夜會出現在沙灘，擁有金色鬃毛的美麗馬兒。個性驕傲又自戀，令姆米托魯心儀卻又不敢接近。

NW
NO
W
Õ
SW
S
SO
溜溜之島
寂寞山
小山丘
沙灘
紫丁香叢
柴房
茉莉花叢
菸草田
姆米家
一樓
陽台
客廳
亨姆廉的房間
麝香鼠的房間
托夫斯藍和碧芙斯藍的房間
廚房
儲藏室
浴室
二樓
姆米媽媽的房間
姆米爸爸的房間
雜物間
史尼夫的房間
司那夫金和姆米托魯的房間
司諾克的房間
客房
姆米谷地圖
Tove

芬蘭灣

第一章

水晶球裡的姆米一家人

八月底的某個下午，姆米爸爸茫然的在院子裡走來走去。他不知道該做些什麼。好像該做的工作都已經完成，或是讓別人搶先了。

姆米爸爸在院子裡漫無目的的走著，拖在他身後的尾巴顯得格外憂鬱，姆米谷天氣炎熱，周遭的一切安靜無聲、一塵不染。現在正是最容易發生森林大火的時節，是需要格外謹慎的月份。

姆米爸爸好幾次提醒家人，在八月時要特別小心。他向他們描述火災的可怕畫面：熊熊大火吞噬整座山谷，凶猛的火焰發出可怕的聲響，樹木的枝幹燒成白色，火苗在青苔底下四處蔓延。烈焰一道道往上竄升，劃破夜空！一波接一波的烈火越過姆米谷，朝海邊延伸而去……

「大火發出嘶嘶怒吼，最後鑽進海裡。」姆米爸爸語氣陰沉，又帶點得意的作結：「一切都烤得焦黑，所有東西都燒得精光！這種可怕的後果，都是我們這些小生物的責任，因為我們點燃了火柴。」

大家停下手邊的工作，紛紛點頭表示：「沒錯，沒錯！」接著又繼續做自己的事，不再理會姆米爸爸。

姆米一家總是十分忙碌。他們安安靜靜，從不互相打擾，全神貫注在自己身上。姆米的世界是靠著這些一百零一件的小事堆疊而成，充滿了私密性，不容許外界干預。就好比一張清楚標示各個地點的地圖，不會遺漏任何角落，而且到處有人居住，沒有多餘的空地。他們總是提醒彼此：「一到八月，姆米爸爸就會開始說森林大火的事。」

姆米爸爸爬上通往陽台的階梯。和平常一樣，他一踩上抹了亮光漆的地板，就引發小小的聲響，沿途不斷有細微的「啪答」聲，一路隨著他走到搖椅。姆米爸爸的尾巴也黏在地板上，感覺像被人拉扯著。

姆米爸爸坐在搖椅上，閉著眼睛思考。「陽台的地板應該重新上漆。」他心想：「天氣太熱了，地板才會變得黏黏的。如果用好一點的亮光漆，就算天氣再熱應該也不會融化。也許是我選錯了亮光漆。這個陽台是我在很久以前打造，現在差不多也該重新上漆了。但是我必須先用砂紙將地板全部磨過，這種煩人的工作，即使完成了也不會有人感激我。不過，粗厚的大刷子在白色地板上刷了全新的亮光漆之後，閃亮的感覺確實能讓人耳目一新！在施工期間，大夥兒只能從後門進出，絕對不可以接近陽台。等完工之後，才讓他們到陽台來，並且說：『你們看！這就是全新的陽台！請好好享受吧！』……天氣真的太熱了，我好想駕著小船出海去，能到多遠就多遠……」

姆米爸爸覺得腳有一點痠痛，便動動身子，點燃菸斗。他望著菸灰缸裡尚未燃燒完畢的火柴，整個人心醉神迷。在火光即將熄滅之前，姆米爸爸撕了一小片報紙丟進火裡燃燒。火焰非常漂亮。雖然在陽光下看不清楚，但是它燃燒得很美。姆米爸爸專注的凝視著。

「火焰又快要熄滅了！」米妮突然出現，「再丟一張紙片到火裡吧！」她坐在陽台扶手的影子底下對姆米爸爸說。

「啊！妳怎麼會在這裡？」姆米爸爸嚇了一跳，連忙熄掉菸灰缸裡的火，「我只是在研究火焰燃燒的過程。這種研究相當重要！」

米妮聞言後哈哈大笑，眼睛緊盯著姆米爸爸。姆米爸爸只好用帽子遮住自己的臉，以睡覺來躲避米妮的目光。

*

「爸爸！」姆米托魯輕喚著：「快點起床！我們剛才撲滅了一場森林小火！」

姆米爸爸的雙腳黏在地板上，他很討厭這種感覺，不情願的動動雙腳。「你剛才說什麼？」姆米爸爸問。

「一場森林小火。」姆米托魯回答：「在菸草田的正後方。青苔著火了，媽媽說，可能是煙囪噴出來的火花造成的……」

姆米爸爸立刻從搖椅上跳起來，整個人瞬間活力四射，連帽子都掉到了階梯上。

「我們已經撲滅了啦！」姆米托魯在姆米爸爸身後大喊：「我們馬上就解決了！你不必擔心！」

姆米爸爸停下腳步，他感到相當憤怒。「你們竟然沒有找我一起去救火？」他說：「為什麼沒有人通知我一聲？你們什麼事都不告訴我，任憑我在這裡呼呼大睡？」

「親愛的！」姆米媽媽從廚房的窗戶探出頭來解釋：「我們覺得不需要打擾你午睡啊！那不過是小小的火災，只冒了一點煙罷了。我正巧提著水桶經過，就順手撒了一點水……」

「順手撒了一點水？」姆米爸爸激動的大喊：「就一點點水？聽起來還真簡單！但是青苔底下的火苗會繼續悶燒！快點告訴我發生火災的地點！到底在什麼地方？」

姆米媽媽不得不放下手邊的工作，帶著姆米爸爸前往菸草田。姆米托魯留在陽台上，望著他們離去的背影。青苔上燃燒過後的焦黑痕跡很小，只有一個小點。

「你們別以為這麼小的火災就不危險！」姆米爸爸過了一會兒之後才終於開口：「真是大錯特錯！你們知道嗎？火苗可能會在青苔底下繼續燃燒。就在地底下。幾個小時或是幾天之後，熊熊大火就會突然爆發，從另外一個地方冒出來！你們明白我的意思嗎？」

「是的，親愛的。」姆米媽媽回答。

「我要留在這個地方。」姆米爸爸翻動青苔，繃著臉說：「我必須留在這裡看守。如果有必要，我可能一整晚都得待在這裡。」

「親愛的，你真的覺得有這個必要嗎？」姆米媽媽問，隨即又轉變態度，改口說道：「嗯！辛苦你了。萬一青苔燒起來就不好了！」

姆米爸爸整個下午都守在這一小塊焦黑的痕跡旁，他還先拔光焦痕旁邊的青苔，甚至沒有抽空回家吃晚餐。他想讓全家人都知道他在生氣。

「爸爸會在青苔旁邊守上一整晚嗎？」姆米托魯問。

「很有可能。」姆米媽媽回答。

「如果姆米爸爸不高興，為什麼不直接說出來？」米妮邊用牙齒咬掉馬鈴薯皮，邊發表她的看法：「有時候，發點脾氣也不錯，就算小蟲子也有生氣的權利。但是姆米爸爸生氣的方式不太好，他沒有發洩出來，只是在心裡生悶氣。」

「親愛的米妮。」姆米媽媽表示：「姆米爸爸知道自己在做什麼。」

「我可不這麼認為！」米妮直截了當的說：「妳知道嗎？我覺得姆米爸爸完全搞不清楚自己在做什麼！」

「好像確實如此。」姆米媽媽不得不認同。

*

姆米爸爸的鼻子貼近青苔，他聞到一股焦味，但是地面上已經沒有熱度了。姆米爸爸將菸斗裡的菸絲倒入地面上的小洞，吹氣想讓菸絲的火苗燃燒。可是火苗只燒了短短一會兒，馬上就熄滅了。姆米爸爸用腳踩踏青苔上的焦痕後，就轉身漫步到院子裡查看他的水晶球。

一如往常，地面上開始慢慢浮現出一陣薄霧，霧氣逐漸覆蓋樹木的根部。水晶球周圍發出淡淡的微光。這顆放在珊瑚柱上的水晶球反射著姆米家院子的景象，看起來非常漂亮。它是屬於姆米爸爸的魔幻水晶球，會發出藍色光芒。水晶球不僅是姆米家院子的中心，也是整座姆米谷、更是全世界的中心。

不過，姆米爸爸並沒有直接觀看水晶球裡的影像，他先低頭盯著自己髒兮兮的雙手，試著整理混亂又複雜的心情。姆米爸爸難免有悲傷的時候，每當此時，他就會過來看看水晶球，撫慰受傷的情緒。每個漫長、炎熱、美麗又寂寞的夏季夜晚，姆米爸爸都會走到院子裡，窺視一下水晶球裡的影像。

水晶球永遠冷冰冰的，它的藍色光澤看起來比大海更深沉，也更清澈。水晶球改變了全世界的顏色，才會變得如此冰冷、神祕又詭異。姆米爸爸在水晶球裡看見自己的大鼻子，他身旁的景物則變化成夢幻的光景。水晶球裡的藍色地面非常深邃，那是姆米爸爸無法進入

的祕境。他開始在水晶球裡尋找姆米一家人的身影，不用太多時間，姆米一家人就出現了。他們總是會出現在水晶球裡。

大夥兒在黃昏的時候都有許多事情要忙，每個人總是忙著自己的瑣事。姆米媽媽三不五時就會走出廚房，到食物儲藏室拿一些香腸和奶油，有時走到馬鈴薯田去，或是到柴房拿些木柴。每當姆米媽媽走來走去時，表情總是很開心，彷彿自己正走在一條奇妙又刺激的道路上。難道說，姆米媽媽有一種可以使自己快樂的本能？還是她只是在玩一種假裝很快樂的遊戲？又或者，姆米媽媽是為了讓自己覺得開心，才這樣走來走去？

這時，姆米媽媽的身影出現在水晶球裡。她在水晶球裡最深邃的藍色陰影中蹦蹦跳跳，像一顆忙碌的白球。接著姆米托魯也出現了，他一個人躲在角落，享受著獨處的時光。米妮正爬到斜坡上，她的動作太快，姆米爸爸看不清她的模樣，只能瞄到一個意志堅定又獨立果斷的小影子。她太獨立自主了，根本不需要顯現在水晶球裡。然而，姆米一家人在水晶球裡都非常渺小，似乎個個都孤單又沒有目標。

姆米爸爸喜歡站在水晶球前觀看大家的動靜，這是他傍晚時分的消遣。每次看到這些畫面，姆米爸爸就覺得自己必須保護他們。大夥兒其實都生活在深海之中，只有他一個人知道這個真相。

天色變暗了。突然間，水晶球起了變化：裡面出現一道亮光。原來是姆米媽媽點燃了陽台上的煤油燈。夏天的時候，她通常不會點亮那盞煤油燈。點燈之後的姆米家陽台頓時凝聚著一股安全感。姆米媽媽坐在陽台上，等待大家回來喝茶。

水晶球慢慢變暗，原本藍色的部分都轉為黑色。最後，水晶球裡只看得見煤油燈的亮光。

姆米爸爸站在水晶球前，腦袋放空了好一會兒，才轉身回家。

*

「好了！」姆米爸爸說：「現在我可以安心睡覺，應該不會有任何危險發生了。但為了慎重起見，天亮之後我會再去菸草田確認一次。」

「嗯哼。」米妮在一旁搭腔。

「爸爸！」姆米托魯在一旁大喊：「你有沒有發現家裡有個地方不太一樣？我們點燃煤油燈了喔！」

「對啊，白天已經變得越來越短，我想可以開始點燃煤油燈了。起碼我今晚有這樣的感覺。」姆米媽媽說。

姆米爸爸說：「這麼一來，妳就讓夏天正式結束了。因為在夏天結束之前，我們不應該點燃煤油燈。」

「沒錯，秋天已經到了。」姆米媽媽輕聲回應。

煤油燈燃燒時發出微弱的嘶嘶聲，讓人覺得所有事物都變得非常親密又安全，也讓姆米一家人充滿互相信任的溫馨感受。奇怪、可怕和黑暗的事物全被排除在燈光之外，被丟到了世界盡頭之處。

「在一個家裡，不是應該由爸爸來決定要不要點燈嗎？」姆米爸爸對著茶杯小聲嘀咕著。

晚餐時間，姆米托魯一如往常將面前的三明治排成一排，他先吃掉乳酪三明治，再吞下兩個香腸三明治、一個馬鈴薯泥沙丁魚醬三明治，最後才享用果醬三明治。姆米托魯感到非常滿足。米妮只吃了沙丁魚醬三明治，她覺得今天晚上好像不太尋常。米妮若有所思的凝視著黑漆漆的院子，她越是陷入沉思，雙眼就變得更黝黑深邃，也吃得更多了。

煤油燈的光線照在草地和紫丁香花叢上，可惜非常微弱。莫蘭獨自坐在燈光照不到的陰暗處。

莫蘭一直坐在同樣的位置，身體底下的地面都結冰了。她起身走近燈光時，凍結的草地發出玻璃般的聲響。樹上的葉子恐懼得發出沙沙聲，兩、三片楓葉由於不停發抖，從樹上飄落，正好掉在她的肩膀上。紫菀花為了避開莫蘭，想盡辦法彎曲花莖，就連草叢間的蚱蜢也沉默了。

「你為什麼不繼續吃三明治？」姆米媽媽問姆米托魯。

「我也不知道。」姆米托魯說：「我們家有百葉窗嗎？」

「百葉窗放在閣樓，冬眠的時候才會拿出來用。」姆米媽媽說完，轉頭對姆米爸爸說：「既然已經點燈了，你不妨繼續完成你的燈塔模型吧！」

「呃。」姆米爸爸說：「燈塔模型太幼稚了，因為它不是真的！」

＊

莫蘭朝著煤油燈靠近。她盯著燈火，輕輕搖晃碩大又沉重的腦袋瓜。莫蘭往光亮處接近時，腳下會產生白色的霧氣，身後也跟著龐大孤單的影子。窗戶發出輕微的震動聲，彷彿遠方正在打雷一般。院子似乎屏住了呼吸，一片鴉雀無聲。莫蘭走到姆米家的陽台旁，動也不動的站在煤油燈光線外的陰暗處。

接著，她快步走到窗戶下方，讓燈光照在她的臉上。

原本寧靜的屋內突然發出一陣喧嘩，椅子撞倒在地上，有人急急忙忙拿走煤油燈。不到幾秒鐘的時間，陽台變得一片漆黑，所有人都跑到屋子裡最安全的角落，帶著燈躲起來。

莫蘭在窗前站了好一會兒，呼出的氣息在窗玻璃上凝結成霜。最後，她又悄悄的轉身，走回黑暗中。莫蘭踩過的草地有如滿地的碎玻璃，她的身影慢慢遠離，終至完全消失。院子裡的樹木掉了滿地落葉，一直等到莫蘭走遠之後，院子才又慢慢恢復生氣。

*

「我們家不需要圍欄，也不用派人整夜看守。」

姆米媽媽說：「雖然莫蘭會弄壞院子裡的東西，但她並不危險。你們應該也明白，她只是看起來很嚇人。」

「那個傢伙當然危險！」姆米爸爸大喊：「妳自己也覺得莫蘭很可怕，不是嗎？事實上，妳根本怕得要命。但是這個家有我在，妳可以不必害怕。」

「可是，親愛的，我們害怕莫蘭是因為她非常冰冷。」姆米媽媽表示：「而她也不喜歡任何人。不過她從來沒有傷害過人。好了，我想我們應該準備上床睡覺了。」

「好吧。」姆米爸爸把撥火鉗放回角落，「如果莫蘭沒有任何危險的話，我就不必保護你們了，這樣我也樂得輕鬆。」他說完就走向陽台，順手拿了幾片起司和一根香腸，獨自一人步入黑暗之中。

「哈哈，這下子可好了！」米妮開心的說：「姆米爸爸氣得火冒三丈了。他八成會走到青苔那兒，一直待到天亮才回來。」

姆米媽媽什麼話都沒說，繼續忙著晚上該做的家事。按照習慣，姆米媽媽先檢查包包裡的東西，接著才熄掉煤油燈。屋子裡靜悄悄的，顯得有點反常。姆米爸爸的燈塔模型放在角落的洗臉台置物架上，姆米媽媽走到模型旁邊，心不在焉的拂去上面的灰塵。

「媽媽！」姆米托魯輕喚著。

姆米媽媽卻沒有聽見，她走到掛在牆上的大地圖前，地圖上標示著姆米谷的海岸線以及周圍的島嶼。姆米媽媽站上椅子，讓自己的視線對準大海的位置，鼻子貼在地圖上的某個小點。

「就是這個地方。」她喃喃自語的說：「這就是我們接下來要去的地方。我們在那裡會生活得相當開心，也必須面對許多麻煩……」

「妳說什麼？」姆米托魯問。

「這就是我們接下來要去的地方。」姆米媽媽又說了一次：「這座小島是爸爸的小島，爸爸打算帶著我們去那裡生活。我們要搬過去，永遠住在那座小島上。我們的生活將從頭開始，所有的一切都必須重新來過。」

「我一直以為那個小點是顆蒼蠅屎呢！」米妮說。

姆米媽媽爬下椅子。「有時候，我們必須花些時間。」姆米媽媽表示：「可能要花上非常長的時間，才能處理好一切事情。」

她說完，默默的往院子走去。

「我不想說姆米媽媽或姆米爸爸什麼。」米妮故意拉長語調：「但如果真的要我說的話，首先，我覺得他們都不是傻瓜，他們倆一定各有什麼鬼點子。如果能夠讓我知道，我甘願吃土！」

「妳不該知道！」姆米托魯激動的表示：「他們一定明白自己為什麼表現得這麼奇怪。有些人因為自己是被認養的，就自以為頭腦比別人靈光，什麼事情都懂！」

「你說得沒錯！」米妮得意的表示：「我的頭腦本來就比你們靈光！」

姆米托魯看著地圖上獨自佇立在一片汪洋中的小點，心想：「原來爸爸想住在那個地方啊！爸爸很想去那個地方！他們是認真的，不是在開玩笑。」他看見地圖上那座小島周圍的大海上下起伏。小島是綠色的，島上有紅色的懸崖，和姆米托魯在圖畫書上看到的一樣，荒蕪且住著海盜。姆米托魯覺得喉嚨彷彿卡住了什麼東西。「米妮。」他輕聲說：「我覺得這座小島太棒了！」

「這還用說！」米妮表示：「一切都很棒！基本上都還不錯啦。但最棒的一點，就是我們即將吵吵鬧鬧的帶著一大堆行李搬過去，只為了探究這座小島是不是真的像蒼蠅屎那麼小！」

*

時間還不到早上五點半，姆米托魯跟隨莫蘭留下的腳印穿過院子。雖然地上的冰都融化了，還是看得出來莫蘭坐過的位置，她待過的地方，草都變成了棕色。姆米托魯知道，只要莫蘭坐在同一個地方超過一小時，那裡就永遠長不出植物了，因為就連土壤也會凍僵。院子裡有好幾個地方都變成了那樣，尤其鬱金香花叢的中央最為嚴重。

滿是枯葉的小徑直通陽台，莫蘭曾站在陽台旁邊，隱身在燈光照不到的地方，眼睛注視著煤油燈。莫蘭忍不住想要接近燈光，她盡可能的靠近再靠近，萬物卻因此凍死。莫蘭總是如此，她碰觸到的東西全都會死掉。

姆米托魯想像自己是莫蘭，彎腰駝背的慢慢往前走，穿過一堆枯死的樹葉，還停下腳步，撥開四周圍的霧氣。姆米托魯嘆了一口氣，以羨慕的眼光望著窗戶，想像自己是全世界最孤單的人。

不過，少了煤油燈，姆米托魯覺得難以入戲，再加上他腦子裡只想著汪洋大海中的小島，以及即將展開的新生活，便將莫蘭的事情拋諸腦後。他走在晨光照射的樹影間，獨自玩著遊戲：他只能走在陽光下，樹影處則是深不可測的大海，如果不會游泳，掉進去可就慘了。

柴房裡傳來口哨聲。姆米托魯往裡面一看，金色陽光照耀在窗戶旁的木柴堆上，還有一股混合著亞麻仁油與樹脂的氣味瀰漫在空氣中。姆米爸爸正在替他的燈塔模型裝設小小的橡樹門。

「你看，這是嵌在石頭裡的鐵梯，我們可以從鐵梯爬到燈塔上。天氣不好時就要非常小心，海浪會將小船沖上岩石，這時就得趕緊跳下船，在被海浪捲走前緊緊抓住鐵梯……等下一波大浪襲來時，我們已經在安全的地方了。往上爬的時候會與狂風對峙，所以一定要牢牢抓住鐵梯。接著打開燈塔的門，門很沉重。我們走進燈塔裡，牆壁很厚，海浪聲聽起來就像是從很遠的地方傳來的。外面的波濤持續發出聲響，而我們的小船早已被海浪沖到非常遙遠的地方。」

「我們大家都在燈塔裡面嗎？」姆米托魯問。

「當然！」姆米爸爸回答：「我們全都在燈塔裡。你看，每扇窗戶都有真正的玻璃！頂端就是燈，分別有紅色、綠色與白色的燈光。整個晚上，這些燈光會以規則的頻率轉動，好讓航行在大海上的船隻知道自己身在何方。」

「你會加上真正的電燈嗎？」姆米托魯又問：「或許你可以在底部裝上電池，這樣一來，燈就會發光。」

「我當然可以這麼做！」姆米爸爸邊說邊切割出小小的樓梯，放在燈塔大門前方，「不過我現在沒有時間。這只不過是個玩具罷了，我只想試著做出一個模型來看看。」

姆米爸爸笑著表示。他有點不好意思，低頭看著工具箱。

「好極了！」姆米托魯說：「再見。」

「再見！」姆米爸爸回答。

太陽照出的影子變得越來越短。新的一天要開始了，又是溫暖美好的一天。姆米媽媽坐在階梯上，什麼事情都沒做，一點也不像她平常的模樣。

「今天大家都起得好早喔！」姆米托魯說。他坐在姆米媽媽身邊，眼睛盯著太陽看。

「妳知不知道爸爸的小島上有一座燈塔？」姆米托魯說。

「我當然知道啊。」姆米媽媽回答：「他整個夏天都在說燈塔的事。我們接下來就要搬到那裡生活了。」

雖然他們有許多事情可以說，但是誰也沒開口。坐在階梯上的感覺相當溫暖，一切事物也顯得非常完美。姆米爸爸開始用口哨吹起〈起錨之歌〉，這是他相當擅長的曲子。

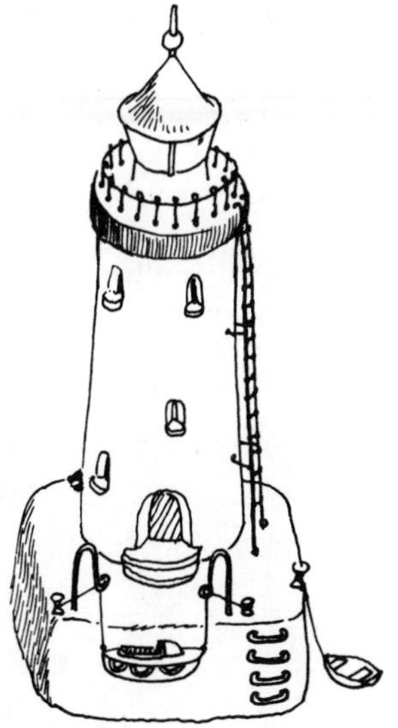

「我待會兒就去煮咖啡，我現在想先坐在這裡思考一下。昨天晚上發生了太多事情。」姆米媽媽表示。

但是燈塔已經在呼喚姆米一家人了。他們知道自己必須前往那座小島，越快越好。

第二章

燈塔

啟程的大日子終於到了。中午十二點剛過，海面就吹起猛烈的東風，但是姆米一家人決定等到太陽下山才出發。海水相當溫暖，一片蔚藍，宛如水晶球的顏色。碼頭邊堆滿了姆米一家的行李，一路擺放到浴場更衣室旁，小船用繩子繫在那裡，隨著海浪起起伏伏。船帆已經升起，船桅上掛著一盞點燃的煤油燈。海邊的天色終於漸漸暗了下來。

＊

「當然，可能到了晚上風就停了。」姆米爸爸表示：「雖然也可以午餐後立刻出發，但我們還是應該等到夕陽西下。選擇正確的啟航時間和書本的第一句話一樣重要，那會決定接下來的一切！」姆米爸爸和姆米媽媽並肩坐在沙灘上。「看看我們的小船『冒險號』，」姆米爸爸說：「它在夜色中看起來真漂亮。這樣展開新生活真棒，船桅上掛著閃閃發光的煤油燈，當全世界還在沉睡時，我們已經駛著小船遠航而去，海岸線離我們越來越遠，最後完全不見。在夜裡啟程遠行真是全世界最棒的事！」

「沒錯。」姆米媽媽回答：「小旅行可以選在白天出發，但展開遠行就該在晚上。」

姆米媽媽忙著打包行李，早已疲憊不堪，她一直擔心遺漏了什麼重要物品。所有行李都堆放在碼頭上，數量多得嚇人，但是姆米媽媽心裡很清楚，行李打開後就會發現東西其實沒有那麼多。光是一天的生活，姆米一家人就必須用到許許多多的日用品。

不過，現在的情況不太一樣。他們將展開全新生活，姆米爸爸會提供大家生活必需品，照顧並保護他們。姆米一家以前過得太舒適了。「真奇怪。」姆米媽媽心想：「人竟然會因為生活太舒適而感到悲傷，甚至憤怒，實在太奇怪了。不過，我想人生本來就是這樣吧。現在最重要的，就是好好開始新生活。」

「你不覺得天色已經夠暗了嗎？」姆米媽媽轉頭問姆米爸爸：「你的煤油燈在夜色中看起來真溫暖。或許我們現在應該出發了。」

「再等一會兒，我必須先確認方向。」姆米爸爸說。他在沙灘上攤開地圖，盯著大海中的那座小島。姆米爸爸非常認真，他在風中嗅聞一會兒，探索正確的方向。姆米爸爸已經很久沒有這麼做了。「我們的祖先根本不必擔心這種問題，他們天生就能找到方向。可惜的是，這種本能如果不常使用，就會漸漸退化。」姆米爸爸表示。

過了一段時間，姆米爸爸確定他找到正確方向，他們可以出航了。姆米爸爸扶好帽子，大聲宣布：「我們要出發了！姆米媽媽什麼東西都不必拿，粗重的工作交給我們就好。現在大家快點上船！」

姆米媽媽點點頭，拖著疲憊的腳步往前走。大海變得相當平靜，沿海的森林看起來柔和又黑暗。她有點睏了，突然覺得一切似乎不是現實，而是緩慢奇幻的夢境，自己就像走在一片非常沉重的沙灘上，什麼地方都到不了。

其他人將碼頭上的行李搬上小船，煤油燈左右搖晃，碼頭和浴場更衣室的影子看起來有如長滿尖刺的巨龍，映照在夜晚的空中。姆米媽媽聽見米妮的笑聲，以及從她背後森林裡傳來的夜鶯啼唱。

「這真是太美好了！」姆米媽媽自言自語：「但是，美好中卻有一點兒詭異。我現在終於有時間好好思索這一切，真是太棒了。如果我在船上小睡片刻，不知道姆米爸爸會不會介意？」

*

太陽下山後，莫蘭悄悄走進姆米家的院子。可惜院子裡今晚沒有點燈，而且窗戶的窗簾全都拉上了，就連門外的水桶也倒扣著，大門的鑰匙掛在門前的掛鉤上。

莫蘭一直不見有人出來點燈，才明白姆米一家人已經出遠門去了。她慢慢走回海邊的斜坡上。水晶球捕捉到莫蘭的身影，瞬間又變回原來不真實的深藍色。莫蘭走過樹林時，樹木都恐懼得屏住呼吸，奇怪的聲音自青苔底下傳出，樹枝害怕得發出沙沙聲響，小動物也全都躲了起來。莫蘭一點也不在乎，她爬上可以眺望南方海邊的懸崖頂端，注視著顏色逐漸變深的大海。

莫蘭看見「冒險號」桅杆上的那盞煤油燈。一顆流星劃過海面上最遠處的那座島嶼，往大海墜落。

莫蘭一直看著那盞燈。她做事向來慢條斯理，時間對她來說永無盡頭，而且流逝的速度相當緩慢。除了入秋是點燃煤油燈的時節外，時間對莫蘭而言根本不具任何意義。

她慢慢從山谷走到海邊，經過的地方都留下巨大腳印，就像是海豹拖著身體前往海邊時造成的痕跡。莫蘭一靠近海岸，海浪就往後退去，彷彿困惑得不知道下一步該怎麼做。大海在莫蘭的裙襬前變得平靜無波，還開始結冰。

莫蘭在海邊佇立了好長一段時間，她身邊逐漸凝結出寒冷的霧氣。莫蘭三不五時就會慢慢抬起腳，冰層不但因此發出劈啪聲響，還緩緩變厚。她打算替自己打造冰島，用來接近那盞煤油燈。雖然燈光現在已經被海上的島嶼遮蔽住，但莫蘭知道小船就在大海上。即使燈光在她抵達小船之前就熄滅了也沒關係，莫蘭會靜心等待，反正一到晚上姆米就會點燃煤油燈，他們總是這麼做。

姆米爸爸負責駕駛小船。他以單手掌舵，覺得自己與小船默契十足，因此相當自得其樂。

他的家人看起來就像在水晶球裡的模樣，渺小又無助。在這個寧靜的藍色夜晚，姆米爸爸要帶領他們平安橫渡遼闊的大海。煤油燈會照亮航線，就和姆米爸爸在地圖畫出的行進路線一模一樣。他說：「我們要從這裡……到那裡，那座小島就是我們即將定居的地方。我的燈塔將會是全世界的中心，它會驕傲的屹立不搖，將危險的大海踩在腳下。」

「你們會冷嗎？應該不會吧？妳拿毛毯蓋住自己了嗎？」姆米爸爸興高采烈的說完，轉頭問姆米媽媽：「妳看，我們正通過最後一座島嶼，不久之後，夜晚最陰暗的時刻就要來臨了。在夜裡航行並不容易，一定得隨時保持警覺。」

「親愛的，你說得沒錯！」姆米媽媽在船底縮著身子回答。「這真的是一次非常難得的經驗！」她心想。毛毯有點潮濕，姆米媽媽悄悄移動身子到上風處，但是小船的船桁一直卡住她的耳朵。

米妮坐在船頭，嘴裡哼唱著歌曲。

「媽媽，那傢伙為什麼會變成那種樣子？」姆米托魯小聲的問。

「你說誰？」

「莫蘭啊。是不是有人對她做了什麼事，才讓她變得那麼可怕？」

「誰知道呢？」姆米媽媽從水裡撈起自己的尾巴，回答他說：「大概是因為沒有人對她做任何事吧？我的意思是，沒有人在意她。我猜她也不會記得這些小事，也不會思考這方面的問題。莫蘭就像是一陣雨或一片黑暗，又或是一塊岩石，你經過她身邊時必須繞路而行。你想不想喝點咖啡？白色籃子裡的保溫瓶裝了一些咖啡。」

「我現在還不想喝咖啡。」姆米托魯說：「莫蘭的目光呆滯，有點像魚。她會不會說話？」

姆米媽媽嘆了一口氣：「沒有人想和莫蘭說話，也不想談論她的事情。否則她會越變越大，而且一路追趕你。你不必可憐她。你以為她渴望光亮，其實她只想坐在火光上弄熄它，好讓火永遠都無法再度點燃。我現在想去睡一會兒了。」

夜空中出現秋天蒼白的星星。姆米托魯往後一躺，眼睛看著煤油燈。他心裡還想著莫蘭的事情。「如果大家都不和莫蘭說話，也不討論與她有關的事，她可能會因此漸漸消失，到最後大家甚至不記得她曾經存在過。」姆米托魯不知道鏡子能不能幫上忙，「如果在莫蘭身邊擺很多面鏡子，就可以映照出很多的她，這麼一來，或許莫蘭就可以互相交談了。或許……」

四周非常安靜，只有船舵持續發出嘎吱聲響。大夥兒都睡著了，除了姆米爸爸。姆米爸爸還很清醒，他從來沒有這麼清醒過。

*

在遙遠的那頭，莫蘭也決定在黎明時分出發。莫蘭身下是黑色透明的島嶼，以及一根指向南方的尖銳冰柱。她撩起宛如枯萎玫瑰的黑色長裙，裙襬發出沙沙聲響，並往兩側伸展開來，彷彿一雙翅膀。莫蘭緩慢的跨海旅程開始了。

莫蘭在冰冷的空中揮動裙襬，先往上，再往外，最後往下，看起來就像在游泳。大海害怕得揚起上下起伏的波浪，莫

蘭飛進黎明的天際，身後跟著一朵飄著雪花的雲。她在海平線上有如旋轉飛舞的巨型蝙蝠，雖然飛行的速度相當緩慢，但她確實一直前進。反正她時間多得是。莫蘭什麼都沒有，有的是時間。

*

姆米一家人整整航行了一夜又一天，現在夜晚再度來臨，姆米爸爸仍然坐在船舵旁邊，滿心期待可以望見他的燈塔。但是他只看到深藍色的夜空，沒看見投射出水平光束的燈塔。

「我們的方向應該是正確的。」姆米爸爸說：「我知道我們的方向是正確的。以目前的風速來看，我們在午夜之前就能抵達目的地！但現在應該要看得見燈塔的光亮才對啊！」

「會不會是哪個壞蛋弄熄燈塔的燈？」米妮表示。

「妳覺得有人會做這種事嗎？」姆米爸爸接話：「燈塔一定還在正常運作。有些事情是不容懷疑的，例如大海的潮流、季節的變換、太陽的升起等等……當然還有燈塔的運作！」

「我們大概馬上就能看見燈塔了。」姆米媽媽說，她腦子裡一片混亂，根本理不出頭緒。「希望它還在正常運作。」姆米媽媽心想：「姆米爸爸現在這麼開心，所以我希望小島上真的有高高的燈塔，而不只是個像蒼蠅屎一樣小的地方。我們已經沒有辦法回姆米谷去了，畢竟我們都浩浩蕩蕩的出發了……那座小島上應該會有大大的粉紅色貝殼吧？不過，白色的貝殼放在黑色的土壤上可能比較好看。不知道我能不能在那座小島上種出玫瑰花來……」

「噓！我好像聽見什麼聲音！」坐在船頭的米妮突然大喊：「大家安靜！好像有事情要發生了！」

大家抬頭往黑暗中望去，耳邊隨即傳來船槳划動的聲音。一艘陌生的小船正從暗處緩緩划來。那是艘灰色的小船，船上的人不慌不忙的停止划船，注視著姆米一家人。他穿著破破爛爛的衣服，但是看起來脾氣相當溫和。煤油燈的光線照在他大大的藍眼睛上，非常清澈透明。小船的船頭上放著幾根釣竿。

「晚上釣得到魚嗎？」姆米爸爸問他。

漁夫轉頭望向遠方，顯然不打算回答。

「請問這附近是不是有座小島，島上有巨大的燈塔？」姆米爸爸又問：「為什麼看不見燈塔的光？照理說，我們應該早就可以看見燈光了啊！」

漁夫將小船划過姆米一家身旁。他們隱約聽見漁夫開口說了幾個字：「不知道。事實上……回去吧……你們不該來……」

灰色小船消失在姆米一家身後。大夥兒試著想聽見船槳划動的聲音，可是什麼都聽不見，四周一片寂靜。

「他好像有點奇怪。」姆米爸爸不太確定的說。

「如果你問我的意見，我會說豈止一點奇怪。」米妮說：「他根本就是一個大怪人！」

姆米媽媽嘆了口氣，試著伸展她的雙腿。「但是我們認識的人當中，大部分都怪怪的啊！或多或少啦！」她說。

風已經停了。姆米爸爸坐在船舵旁挺直身子，他聞聞空氣中的味道，開口說道：「我想，我們抵達小島

了。我們已經來到小島的下風處。但是我不明白，為什麼燈塔不亮了呢？」

空氣相當溫暖，飄著淡淡的石南樹香氣，周圍的一切顯得非常寧靜。一個巨大的黑影出現在陰暗處，小島已經矗立在姆米一家面前，正專注的望著他們。當小船碰到沙灘時，他們馬上感受到土地呼出的熱氣。小島似乎在黑暗中凝視著他們，大夥兒全都縮成一團，不敢輕舉妄動。

「媽媽，妳聽見那個聲音了嗎？」姆米托魯輕聲問。

海岸邊傳來一陣急促的腳步聲，甚至濺起了海水，隨即又恢復平靜。

「那是米妮跳上岸的聲音啦。」姆米媽媽說完動了動身子，試圖打破寂靜。她開始翻動每個籃子裡的東西，想將附帶著泥土的玫瑰花搬到船邊。

「妳小心一點！」姆米爸爸緊張的說：「這些東西讓我來搬就好了。所有事情從一開始就必須井然有序。這艘小船當然是最重要的……妳先好好坐著，放輕鬆。」

姆米媽媽乖乖坐著不動，不妨礙姆米爸爸收起船帆，他在船上跑來跑去，忙著整頓一切。船身不停的前後搖晃，煤油燈的燈光分別在白色沙灘與黑色海水上頭照出圓形的光環，光環以外便是漆黑一片。姆米爸爸與姆米托魯合力將床墊拖到岸上，不小心稍微弄濕了床墊。小船的船身傾斜，藍色的大衣箱將玫瑰花擠到角落。

姆米媽媽托著臉龐，靜坐等待。一切都很順利，她應該要好好享受被照顧的感覺，說不定她以後會很喜歡讓人照顧。姆米媽媽不知不覺又睡了一、兩分鐘。

姆米爸爸站在水中對姆米媽媽說：「妳現在可以下船了。一切都搞定了。」他顯得非常興奮，一點也不疲倦，還故意把帽子反著戴。姆米爸爸在地勢較高的地方用船帆和船槳搭了個帳篷，外型看起來像隻巨獸。姆米媽媽本來想看看這個沙灘上是不是有漂亮的貝殼，但是天色太暗，什麼都看不到。大夥兒向她保證，沙灘上的貝殼一定和深海貝殼一樣又大又特別。

「我們終於要展開新生活了！」姆米爸爸說：「大家先好好睡一覺吧！我會負責在帳篷外面守夜，你們不必害怕。等到明天晚上，大家就可以睡在我的燈塔裡了。但是我真的很好奇為什麼燈塔沒有點亮……帳篷還算乾淨舒服吧？」

「帳篷很舒服！」姆米媽媽鑽進船帆底下後回答。

和平常一樣，米妮早就自己一個人不知道跑到什麼地方去了。不過沒關係，真的。米妮是姆米一家人當中最機靈的，她絕對不會出事。

姆米托魯看著姆米媽媽在潮濕的床墊上反覆翻身，最後好不容易找到舒適的位置，嘆了口氣才進入夢鄉。他感到最不可思議的一件事，就是姆米媽媽來到小島之後沒有打開行李、沒有替大夥兒鋪床，也沒有為大家準備睡前吃的點心，反而直接爬進帳篷裡睡覺。就連她最重視的包包，也被她遺忘在沙灘上。這種轉變雖然有一點可怕，但也未嘗不是好事一樁，這表示新生活帶來了真正的改變，而不只是一趟冒險旅行。

姆米托魯抬起頭看向帳篷外面，發現姆米爸爸將煤油燈放在面前，獨自坐在帳篷外守夜。姆米爸爸的影子又大又長，讓他整個人看起來比平時大了許多倍。姆米托魯縮成球狀，雙腳壓在溫暖的肚子底下進入夢鄉。這個夜裡他一直不停的做夢，夢裡盡是晃動的藍色影像，就像大海一樣。

清晨終於到來，姆米爸爸覺得全世界彷彿只剩下自己和小島相伴。隨著時間一分一秒經過，他越來越肯定小島是屬於他的。天空漸漸明亮起來，姆米爸爸眼前出現許多凹凸不平的大石頭，而石頭上方就是燈塔。燈塔終於出現了，在灰色天空的襯托下看起來又大又黑，比他想像中的模樣還要巨大。由於他獨自守夜，整個晚上沒有闔眼，因此眼前的燈塔在清晨曙光中看起來格外可怕，讓他有點無助。

姆米爸爸連忙弄熄煤油燈，讓沙灘變回一片漆黑，他還不希望燈塔看見他。黎明的寒風從海上吹來，他聽見小島另一側傳來海鷗的鳴叫聲。

姆米爸爸坐在海邊，燈塔彷彿變得越來越高。這座燈塔看起來與姆米爸爸還來不及完成的燈塔模型很相似，但是他發現真正的燈塔頂端不如想像中尖銳，外圍也沒有鐵梯。姆米爸爸注視著這座遭到遺棄的燈塔許久，突然又覺得它彷彿變得越來越小，與他長久以來的想像越來越神似。

「無論如何，這是我的燈塔。」姆米爸爸想著，一面點燃菸斗，「我要將這個燈塔占為己有，並且讓我的家人看看。我要對我的家人說：『這就是你們今後居住的地方。只要我們安全的住在燈塔裡，就不必害怕任何危險！』」

*

米妮坐在燈塔的階梯上，看著黎明到來。在半明半暗中，小島看起來像是一隻正在伸懶腰的大灰貓。它的兩隻爪子往前伸，後腿浸泡在海裡，另一側的狹長海岬則是尾巴。大灰貓弓著背，但是沒有眼睛。

「很好！」米妮自言自語道：「這不是普通的小島，它與其他島嶼不同，直接與海底相連。我敢打賭，這裡一定會發生什麼事！」

米妮縮起身子靜靜等待。太陽從海面升起，島上開始出現影子和各種色彩。小島的形狀漸漸清晰，大灰貓彷彿也收起了銳利的爪子。所有東西在陽光照射下發出光芒，粉白色的海鷗在海岬上空盤旋飛翔。大灰貓不見了，燈塔的長影有如一條寬闊的黑色緞帶，它橫過小島，一直延伸到小船停泊的沙灘。

姆米一家與米妮相隔遙遠，看起來就像三隻小螞蟻。姆米爸爸和姆米托魯分別扛著一大堆行李，搖搖晃晃從赤楊樹叢走到燈塔的影子底下。他們的身影看起來更加渺小，時而行走著，時而停下腳步。三個小小的白點抬起脖子，望著他們頭頂上的龐然大物。

「哇！燈塔好大喔！」姆米媽媽說，她動也不動的站著。

「大？」姆米爸爸接著開口：「應該用巨大來形容才更恰當吧！這大概是有史以來最龐大的燈塔！你們有沒有發現？這裡是大海中最後一座小島，再往下航行就沒有可供居住的島嶼了，除了汪洋大海之外什麼都沒有。我們現在可以直接面對大海，住在我們後方的人們都比我們更接近陸地。我覺得這相當美妙！你們不覺得嗎？」

「嗯！爸爸，我覺得很棒！」姆米托魯大喊。

「可不可以讓我拿一下籃子？」姆米媽媽問姆米爸爸。

「不，不行！」姆米爸爸回答：「妳什麼東西都別拿，妳只要負責走進我們的新家就行。等一下，妳應該要帶一些鮮花進去才行。在這兒等我一會兒……」姆米爸爸說完，跑進白楊樹叢裡摘花。

姆米媽媽看看四周。這片土地太貧瘠了！島上到處散布著許多石頭。如果想在這裡打造出漂亮的院子，恐怕相當不容易。

「媽媽，妳聽！好淒涼的聲音！」姆米托魯突然說：「那是什麼聲音呢？」

姆米媽媽也豎起耳朵聆聽。

「是啊！」她說：「那只是山楊樹的聲音罷了。山楊樹總是會發出那種聲音。」

山楊樹生長在石縫間，海風吹得樹葉沙沙作響。而且不只樹葉不斷搖晃，連樹幹也被吹得一棵接著一棵抖動。

白天的小島看起來和晚上完全不同，彷彿換了一張臉。它不再以溫暖夜裡的那種方式注視著姆米一家人，反而只是遠遠望向大海。

「這些花送給妳。」姆米爸爸說：「雖然還只是含苞待放的小花，但是它們在太陽底下會盛開得很漂亮。現在必須加快腳步，將來我會鋪一條從海邊延伸到新家的小徑，還得建造停船用的碼頭才行。我們該做的事情還很多！讓我們一起想想如何經營新生活！如果可以將生活和這座小島都變成完美的奇蹟，那會是多麼棒的事情！」姆米爸爸語畢提起籃子，快步穿過石南樹叢，走向燈塔。

姆米一家來到一堆具有歷史的大岩壁前。岩壁陡峭又尖銳，他們跌跌撞撞爬過許多斷崖，灰色的斷崖布滿了石縫。

「這裡的一切都好巨大。」姆米媽媽心想：「也許是我自己太過渺小。」

他們隨即踏上一條小路，這條小路就像姆米媽媽一樣迷你，走起來相當危險。姆米一家手腳並用的越過大石頭，好不容易才抵達位於岩石頂端的燈塔。燈塔以厚重的水泥打造而成。

「歡迎來到我們的新家！」姆米爸爸興奮的說。

他們緩慢的望著燈塔，越看越高。高大的白色燈塔彷彿往上無限延伸，令人難以置信。在燈塔的正上方，一大群燕子受到驚嚇，盲目的飛來飛去。

「我有點頭暈。」姆米媽媽虛弱的說。

姆米托魯看向姆米爸爸，姆米爸爸一臉嚴肅的爬上燈塔大門前的階梯，伸手想要打開門。

「門鎖住了。」米妮在他身後說。

姆米爸爸回過頭，以茫然的眼神看著米妮。

「門鎖住了啦！」米妮又說了一遍：「這裡找不到鑰匙！」

姆米爸爸想要用力拉開，但無論怎麼扭轉門把、敲打門扉，甚至踹門，就是無法成功。最後，他往後退了一步，無奈的看著那扇門。

「門邊有根釘子。」姆米爸爸說：「這根釘子顯然是用來懸掛鑰匙的，一看就知道！我從來沒聽說過，哪個人會在鎖上門之後不把鑰匙掛回釘子上！燈塔管理員更不可能犯下這種錯誤！」

「說不定鑰匙放在階梯下方。」姆米媽媽說。

但是階梯下找不到鑰匙。

「所有人先安靜！我必須仔細想一想應該怎麼做！」姆米爸爸說完，走到稍遠處的某塊大石頭邊，面對大海坐了上去。

現在的天氣很溫暖，西南風溫和的拂過小島，理應是搬進燈塔的最佳日子。姆米爸爸因為太過失望，胃都絞痛了起來，完全無法思考。畢竟除了大門旁邊的釘子和門前階梯的下方，已經沒有其他可以放鑰匙的地方了。燈塔的大門沒有門框，大門旁邊沒有窗台，階梯前方也沒有石板，總之沒有任何光滑又平坦的地方。

姆米爸爸的腦袋開始疲憊了。他知道全家人都站在他身後，安靜的等他開口說話。最後，姆米爸爸終於回過頭說：「我先小睡一下，睡覺的時候通常可以想到解決問題的方法，頭腦在休息片刻之後也會變得比較靈光。」他縮進石縫中，用帽子蓋住眼睛。由於這種感覺很舒服，姆米爸爸一下子就沉沉睡去。

姆米托魯決定到階梯下方尋找鑰匙。「這裡只有鳥的屍體，什麼東西都沒有！」姆米托魯說。那是一具又小又纖細的骨骸，顏色相當蒼白。姆米托魯將它放在階梯上，但是一下子就被海風吹走了。

「我在下面的石南樹叢裡，也看到許多鳥骨頭。」米妮立刻興致勃勃的表示：「讓我想起《遺忘之骨復仇記》這本書，非常好看喔！」

姆米托魯和米妮就這樣沉默的站了一會兒。

「現在應該怎麼辦才好呢？」姆米托魯問。

「我想起昨天晚上遇見的漁夫。」姆米媽媽說：「他一定也住在這座島上。說不定他知道鑰匙在什麼地方。」說完，她打開裝著棉被的袋子，拿出一條紅色的毛毯。「幫你爸爸蓋上這條毛毯。」她說：「他這樣直接睡在石頭裡不太好。然後你到處走一走，看看能不能找到那位漁夫。好孩子，你回來的時候，記得順便帶些海水回來給我，裝水的銅罐子還放在小船上。另外，馬鈴薯也一起帶過來。」

對姆米托魯而言，有事情做總比乾坐在燈塔前來得好。他轉身離開燈塔，開始在小島上閒逛。斜坡上有一整片紅色的石南樹叢，下方的岩石既溫暖又平靜。地面又硬又熱，氣味聞起來還不錯，但是和姆米谷家裡的院子完全不同。

現在姆米托魯終於可以獨處了，他盡情觀察小島，聞著土地散發的氣味。他用腳去觸碰這座小島，用耳朵聆聽小島的聲音。只要遠離怒吼的海邊，這座小島其實比姆米谷還要安靜。姆米托魯覺得這是一座安靜又年老的島嶼。

「這座小島看起來不太好懂。」姆米托魯心想：「它似乎不希望被別人打擾。」

姆米托魯走到島中央，眼前的石南樹叢變成了長滿青苔的沼澤，雖然越過沼澤之後還有一些石南樹，但再繼續往下走，又變成一大片低矮的樅樹叢與發育不良的白樺樹林。「這裡竟然沒有高大的樹木，感覺真奇怪。這島上的植物似乎都緊貼著地面生長，在岩石間求生存。」姆米托魯心想：「我是不是也該放低姿態，讓自己看起來渺小一點呢？」他開始朝著海岬的方向跑去。

*

小島西側的盡頭有間石頭和水泥砌成的小屋，屋子周圍有許多鐵架，將它固定在岩石上。小屋的背面是圓形的，看起來像海豹的背，還有一扇非常小的窗戶可以直接眺望大海。屋子非常小，正常體型的人大概只能勉強坐進裡面，但這是漁夫專門蓋給自己住的，所以尺寸符合他嬌小的體型。他現在正枕著手臂躺在屋外，欣賞天空中緩緩飄過的白雲。

「早安！」姆米托魯對著漁夫說：「請問你住在這屋子嗎？」

「只在暴風雨來的時候。」漁夫含糊的表示。

姆米托魯用力的點頭。喜歡大海的人，就會想要過這樣的生活。乘著浪花，看著像山一樣高大的白浪，傾聽如雷貫耳的海嘯聲。姆米托魯很想問漁夫：「我可以偶爾過來這裡看海浪嗎？」但是他知道漁夫的小屋只住得下一個人，便打消了念頭。

「我媽媽要我向你打招呼。」姆米托魯又接著說：「她還要我問問關於燈塔鑰匙的事。」

但是漁夫什麼話都沒說。

「我爸爸沒辦法進燈塔。」姆米托魯解釋：「我們猜想，或許你知道……」

漁夫依舊沉默不語。天空中的雲越積越厚。

「那座燈塔一定有管理員吧？」姆米托魯問。

最後漁夫轉過頭來，水藍色的眼睛看著姆米托魯。

「我不清楚鑰匙的事。」他說。

「燈塔管理員是不是關掉燈塔的燈之後就出去了呢？」姆米托魯繼續追問。他從來沒遇過不回答別人問題的人，所以有點不知所措，整個人相當不自在。

「我真的不太記得了。」漁夫表示：「我不太記得燈塔管理員是什麼樣子的人了……」

他緩緩站起身來，走往岩石的另一頭。漁夫穿著一身灰色的衣褲，滿臉皺紋，腳步像羽毛一樣輕盈。他的身材非常瘦小，而且顯然不想與任何人交談。

姆米托魯站在原地注視著漁夫，過了一會兒，才轉身走回之前的小路，朝著小船停泊的沙灘走去。他要去拿裝水的銅罐子，到了差不多該吃飯的時刻，姆米媽媽會在石縫間生火，將餐點放在燈塔大門前的階梯上。接下來的發展一定會很順利。

*

沙灘上布滿白色細沙，這片沙灘呈半月形，從這邊的海岬延伸到另一頭的海岬。海風吹過小島，沿著沙灘往下風處吹去。漂流木堆積在赤楊樹叢下方的高水位線，較低的地方則是一片光滑無沙的平地，走起來的感覺很舒服。如果沿著海邊走，在沙灘上形成的腳印會馬上被旁邊的細沙填滿，細細的沙子就像噴泉一樣靈活。姆米托魯開始替姆米媽媽尋找貝殼，但是他找到的貝殼都有殘缺，可能是海浪沖破的。

姆米托魯突然在沙灘上看見閃閃發光的東西。那不是貝殼，而是銀製的馬蹄鐵。馬蹄鐵旁邊有一排馬兒的腳印，朝著大海延伸而去。

「有匹馬兒在跳入大海之前掉了這個。」姆米托魯仔細觀察之

後，做出這樣的推論，「一定是這樣沒錯。而且牠應該體型很嬌小。不知道這是不是純銀打造的？或者只是鍍銀而已？」姆米托魯撿起馬蹄鐵，準備帶回去送給姆米媽媽。

不遠處又有一些馬蹄印從海邊延伸至沙灘上。「一定是海馬！我從來沒見過海馬，聽說海馬住在非常遙遠的深海裡，希望掉了馬蹄鐵的那隻海馬家裡還有備用品。」姆米托魯心想。

姆米一家人的小船已經收起船帆，停靠在岸上，看起來像是再也不打算出航了。它被拖到遠離大海的沙灘上，彷彿與大海不再有任何關聯。姆米托魯站在一旁靜靜看著冒險號。「這真是一艘可憐的小船。」姆米托魯心想：「或許它正在休息，或許改天我們還是可以在夜裡乘船出海捕魚。」

雲層慢慢聚集到小島上方，一排排藍灰色的雲朵平行的飄過天空，延伸至海平線那頭，沙灘上顯得相當冷清。「我想要回家了。」姆米托魯心想。但是他現在所謂的家，變成了燈塔大門前方的階梯。姆米一家以前居住的姆米谷已經遠在天邊。幸好姆米托魯在沙灘上撿到了海馬的馬蹄鐵，心情稍稍獲得一點安慰。

*

「漁夫不可能忘光所有的事情吧？」姆米爸爸說，他連說了兩次，「他一定認識燈塔管理員，畢竟他們住在同一座小島上啊！他們肯定是朋友。」

「但是他說什麼事情都不記得了！」姆米托魯說。

米妮用鼻子深深吸了一口氣，再從牙縫中吐出來。

「那漁夫是個老糊塗，腦子裡裝滿了海草。上次一見到他，我馬上就看透他了。如果住在這座小島上的他和燈塔管理員都是這種大笨蛋，他們要不就是互相熟識，要不就是根本不想與對方往來。我的意思是，一定就是這兩個結果之一。你們最好相信我，因為我對於這種事情相當敏銳。」

「我現在只希望不要下雨。」姆米媽媽喃喃的說。

大夥兒圍在姆米托魯身旁。太陽被雲層遮住了，天氣變得有點陰涼。姆米托魯有點不知所措，他不想告訴大家漁夫居住的那間臨海小屋，現在這個場面也不適合將馬蹄鐵送給姆米媽媽，因為大家全都圍在姆米托魯身旁盯著他看。姆米托魯決定等到他和姆米媽媽兩人獨處時再送給她。

「我現在只希望不要下雨。」姆米媽媽又說了一次。她將銅罐子拿到火堆旁，然後將姆米爸爸送給她的小花插在水裡。「如果下雨的話，我應該要先洗乾淨水瓶，這樣才能拿來盛裝雨水。」姆米媽媽表示：「我的意思是，如果這裡有水瓶的話……」

「這些事情應該交給我來辦就好！」姆米爸爸不高興的說：「請妳再忍耐一會兒，凡事都有先後順序，我們先找到鑰匙，再來擔心吃飯或是裝雨水之類的瑣事！」

「哈！」米妮又說：「我猜漁夫那個老糊塗一定把燈塔的鑰匙丟進大海了！說不定連管理員也一起被他推入海裡！這裡以前一定發生過可怕的事，接下來還會有更恐怖的事情發生！」

姆米爸爸嘆口氣，沿著燈塔周圍繞了一圈，往可以俯瞰大海的那塊岩石走去。他走到那兒之後，家人就看不見他的身影了。姆米一家人經常惹得姆米爸爸心煩意亂，因為他們總是搞不清楚事情的重要性。姆米爸爸很想知道，是不是每一位父親都會遇上這種情況？

「唉，光靠睡覺根本不可能找得到鑰匙，而且也不可能打造出一把新的鑰匙。」姆米爸爸心想：「我必須靠著感覺來找，先調整自己的心情，像我的老丈人以前那樣。我的丈母娘以前經常忘東忘西，搞不清楚自己把東西放在什麼地方，最後都是靠著老丈人幫忙想起來。這種本事正是我現在所需要的！老丈人總是能夠在動腦思考之後就找到失物，然後以親切的口吻說：『看，你掉的東西在這裡。』」

姆米爸爸一面想辦法，一面漫無目的的在石頭邊散步，希望可以靈光乍現。他整個腦袋像是一罐豆子似的，不停咚咚作響，但是什麼東西都想不出來。

姆米爸爸突然發現一條隱藏在大石頭之間、覆滿晒枯雜草的彎曲小徑。姆米爸爸走上小路繼續努力思索，忽然間，有個念頭浮現在他的腦中：或許這是燈塔管理員以前走過的小路。很久以前，管理員一定也經常走在這裡，他一定也來到姆米爸爸此刻置身的斷崖邊，站在同一個地點俯瞰大海。這裡已經是小路的盡頭，眼前只有一望無際的大海。

姆米爸爸走到斷崖邊緣往下看，斷崖下方是陡峭的岩壁，深不可測。姆米爸爸可以隱約聽見底下傳來的海浪聲，海潮起起伏伏，不斷

拍打在石頭上，宛如笨拙的大怪物。陰影中的大海顏色非常深沉。

姆米爸爸的雙腳忍不住開始發抖，他突然感到有點頭暈，於是趕緊坐了下來。他壓抑不了好奇心，再度往下窺探。底下是一片浩瀚無邊的汪洋大海，不知道有多麼深邃。相較之下，姆米谷碼頭旁的海邊與波浪根本算不上什麼。姆米爸爸稍微往前傾，他發現在頂點的正下方有個小小的突出物。姆米爸爸忍不住爬下斷崖，到那個外表看起來很平滑的岩棚去瞧瞧。岩棚裡面有一個凹洞，形狀就像椅子一樣。姆米爸爸突然覺得自己好像與世隔離了，全世界只有他一個人，四周被天空與大海所包圍。

燈塔管理員一定曾經坐在這裡，而且經常如此。姆米爸爸閉上眼睛，周遭的一切太巨大了，害他頭昏眼花。他腦袋瓜裡的那罐豆子持續咚咚作響。「每當大海湧起巨浪時，燈塔管理員一定會跑到這個地方來……他一定會坐在這裡看著天上的海鷗在狂風大雨中飛翔，將那些鳥兒當成是眼前紛飛的雪花。海浪拍打在岩石上濺起的水花有如珍珠一般滴落在他身上，先在空中停留片刻，再回到斷崖下方那波濤洶湧的黑色海水中……」

姆米爸爸睜開眼睛，打了一個冷顫。他趕緊將身體往後靠在岩壁上，雙手往後扶著石頭。他突然發現有一些小小的白色花朵生長在石縫間。「真沒想到這裡會有花朵！」姆米爸爸心想。然後，他在最寬的一道石縫間，發現了一個滿是紅鏽的小東西：一把鑰匙！一把相當沉重的鐵製鑰匙！

姆米爸爸似乎聽見自己的腦子裡發出「喀達」一聲。就在這一瞬間，所有的事物都有如白晝般清晰明朗。這裡果然是燈塔管理員想要獨處時會跑來的地方，一個讓他思考與冥想的所在，也是燈塔管理員放置燈塔大門鑰匙的地方，好讓姆米爸爸找到鑰匙，正式接管燈塔！這種交接儀式真是太完美了，感覺就像有如神助，充滿了魔幻的力量。姆米爸爸被選擇成為燈塔的新主人，同時也是新的燈塔管理員！

*

「哇！太棒了！你找到鑰匙了！」姆米媽媽興奮的大喊。

「鑰匙藏在哪裡？」姆米托魯也跟著大聲問道。

「我也不知道。」姆米爸爸神祕兮兮的回答：「總之，這世上有很多奇怪的事，唯有隨時準備妥當，才能應付各種怪事。或許這鑰匙是一隻巨大的白色海鷗送來給我的……」

「是嗎？」米妮說：「也許那隻海鷗身上繫著絲質蝴蝶結，還有一支軍樂隊在牠身旁演奏助興。」

姆米爸爸爬上燈塔的階梯，將鑰匙插入鑰匙孔裡。只聽見「喀達」一聲，大門就打開了。塔裡一片漆黑，米妮馬上準備衝進去，但姆米爸爸一把抓住她的頭髮，將她拉回來。「妳不可以第一個進去！」姆米爸爸說：「這次我不許妳第一個進去。我現在是燈塔管理員，必須先進去檢查一下燈塔裡的狀況才行。」姆米爸爸說完走了進去，米妮緊跟在他後頭。

姆米媽媽慢慢走到門邊往裡瞧，燈塔就像是因腐朽而變得中空的樹幹，裡面有一道破舊的螺旋狀樓梯直通頂端，越往上方延伸就越窄小。姆米爸爸爬上樓梯時，踏板不時發出嘎嘎聲響，感覺相當可怕。厚重的牆壁上有許多小洞，讓光線能夠透進燈塔內，他們可以從小洞瞥見外面的鳥兒，鳥兒也看著姆米一家人。

「你們應該可以想像，如果天氣變壞的話，就不會有陽光照進燈塔裡。」姆米托魯低聲說：「到時候，燈塔裡面會變得非常陰暗。」

「這是一定的啊。」姆米媽媽回答。她跨過燈塔的大門門檻，站著不動。燈塔裡面寒冷又潮濕，黑色的地板濕淋淋的，還積著水窪。門前鋪著幾塊木板，直通樓梯底端。姆米媽媽有點猶豫，不知道該不該進去。

「媽媽，妳看！我有個禮物要送給妳。」姆米托魯說。

姆米媽媽拿著銀色馬蹄鐵，盯著看了好久。

「真漂亮！」姆米媽媽說：「這個禮物真的非常棒。我不知道世界上有這麼小的馬兒……」

「進去吧！媽媽。」姆米托魯說：「我們一起到燈塔上面去吧！」

姆米爸爸站在樓上的房門前，他的頭上戴著一頂新帽子。那頂帽子的帽緣似乎很柔軟，頂部卻皺巴巴的。

「我看起來如何？」姆米爸爸問：「這頂帽子掛在門內的掛鉤上，一定是那位燈塔管理員的帽子。快進來！快進來！這裡面的一切都和我想像中一模一樣。」

這是一間圓形的房間，天花板很低，有四扇窗戶。房間中央有張沒上漆的木頭餐桌以及幾個空箱子，壁爐旁邊擺著一張床和一個小書桌，還有一道鐵梯通往天花板上的活板門。「上面就是燈塔的燈。」姆米爸爸向大家解釋：「到了晚上，我會負責點燈。這些牆壁真不錯，白色的牆面讓房間看起來又大又通風。如果你從窗戶往外看，也會覺得一切非常遼闊自由，無拘無束！」

姆米爸爸看看姆米媽媽，姆米媽媽露出笑容，「你說得對，這上面視野非常遼闊，而且相當通風。」

「住在這裡的人是不是發瘋了？」米妮說。她發現地板上到處散落著玻璃碎片，白色牆面上也有油污的痕跡。油污沿著牆壁往下流，在地板上積出一攤油漬。

「一定有人不小心打破了煤油燈。」姆米媽媽表示。她在餐桌底下發現一個黃銅製的煤油燈座。她撿起燈座說：「所以他只能在黑暗中生活。」姆米媽媽輕輕撫過餐桌的桌面，發現上頭有很多條小小的刮痕，大概有上百條，也許上千條。它們每六條排成一列，第七條刮痕則橫過前六條刮痕。為什麼是七條刮痕？因為一個星期有七天。桌上的刮痕記錄著日子，一個星期接著一個星期，但其中一組只有五條刮痕。姆米媽媽繼續觀察著屋內四周，撿起散落在地板上的茶杯和鍋子。她閱讀著空箱子上的文字：馬拉加葡萄乾、蘇格蘭威士忌、芬蘭硬麵包。她還掀開床上的毛毯，發現床單鋪得相當平坦整齊。不過，姆米媽媽沒有打開書桌的抽屜。

其他人不安的看著姆米媽媽。最後，姆米爸爸才開口說：「妳覺得怎麼樣？」

「這個燈塔管理員一定相當寂寞吧？」姆米媽媽表示。

「嗯，大概吧？不過，妳覺得這個地方如何？」

「我覺得還不錯啊！」姆米媽媽回答：「我們可以一起睡在這個房間裡。」

「對！沒錯！」姆米爸爸大聲說：「我先去沙灘上撿一些漂流木回來，這樣才能替大家釘床。我還要在門前鋪一條小路、建造碼頭……該做的事情太多了。但是我們應該先將行李搬進燈塔裡，以免下起雨來。不，不，親愛的，妳不必動手。妳只需要好好放鬆心情，把這裡當成自己家一樣！」

米妮跑到門邊，她說：「我要睡在外面。我不需要床，睡在床上太無聊了！」

「好的，親愛的米妮。」姆米媽媽表示：「如果下雨的話，妳再回燈塔裡來睡覺吧！」

等到房間裡只剩姆米媽媽獨自一人的時候，她才把銀製馬蹄鐵掛在房門上的掛鉤，走到窗戶旁邊眺望外面的風景。姆米媽媽從這扇窗走到那扇窗，無論從哪扇窗戶往外看，都只有大海。除了海洋與鳴叫的海鷗，什麼都沒有，她看不到任何陸地。

當姆米媽媽走到最後一扇窗子時，她發現一枝彩色鉛筆，以及用來修補魚網的針線。她站在窗邊拿起筆，順手在窗台上畫出一朵小花。她仔細的替這朵小花的葉片塗上顏色，但心裡什麼事都沒有多想。

*

姆米爸爸站在壁爐裡，抬頭看著上方的煙囪。「這上面竟然有個鳥巢！」他大聲的說：「難怪沒有辦法點燃柴火！」

「鳥巢裡面有鳥兒嗎？」姆米媽媽問。

姆米爸爸從煙囪裡爬出來時，全身都變得髒兮兮的。「我原本以為鳥巢裡面會有幾隻水鳥。」他說：「但沒想到什麼都沒有。我想，水鳥可能已經飛向南方了。」

「不過，春天的時候，水鳥一定還會飛回來。」姆米托魯建議：「我們不能讓水鳥回來的時候找不到自己的巢！我看我們還是在燈塔外面煮飯好了。」

「你說什麼？我們以後都要在外面煮飯嗎？」米妮問。

「好吧，或者我們也可以暫時移開鳥巢。」姆米托魯連忙小聲的說。

「哈！膽小的傢伙！」米妮表示：「你認為水鳥會不會知道，我們一搬進來就動了她的巢？還是會以為我們等了一段時間之後才移開？要先搞清楚這一點，這樣我們搬的時候才對得起自己的良心。」

「所以我們真的一輩子都要在外面吃飯嗎？」姆米爸爸有點驚訝。大夥兒轉頭看著姆米媽媽。

「移開鳥巢吧！」姆米媽媽果斷的說：「我們可以將鳥巢移到窗戶外面，畢竟我們吃飯的問題更重要。」

*

姆米媽媽將髒盤子藏到床底下，好讓房間看起來乾淨一點，之後便走到外面找泥土。

她在燈塔外的階梯旁停下腳步，在玫瑰樹叢上澆了一點海水。玫瑰樹叢和他們離開姆米谷時一樣，還種在泥土箱裡。「院子一定要在下風處，距離燈塔越近越好，而且陽光要充足。但最重要的，就是必須有足夠的肥沃土壤。」姆米媽媽心想。

姆米媽媽四處張望後，沿著燈塔下方的岩石走去，先經過石南樹叢，再走過一大片青苔，接著進入一片山楊樹林。她在那片泥炭地上走來走去，沒有發現任何土壤。

姆米媽媽這輩子從來沒見過那麼多石頭。山楊樹林後方什麼都沒有，只有一大片圓滾滾的灰色石頭。在許許多多石頭的正中央，有人堆了一個圓洞，姆米媽媽走近一看，發現圓洞裡面還是只有石子，和旁邊的一樣又灰又圓。姆米媽媽不明白燈塔管理員為什麼要這麼做，或許他其實沒有什麼特別的想法，只是為了好玩。他可能一顆顆的搬開過石頭，後來它們又都滾回原本的位置。燈塔管理員覺得累了，就離開了。

姆米媽媽繼續往沙灘走去，終於找到了土壤！沿著海岸生長的赤楊樹底下有一道肥沃的深色土壤，綠油油的植物生長在石縫間，開出金色與紫色的花朵，看起來非常漂亮。

姆米媽媽踩進泥土裡，發現有許多樹根。她覺得自己不應該隨意打擾，但是沒關係，起碼她確定這座小島上有土壤。姆米媽媽現在才頭一次感到這座小島是真實的。

她跑向姆米爸爸，他正在不遠處的海草堆中撿拾木柴。姆米媽媽邊跑邊大喊，她的圍裙在風中翻飛，「我找到土壤了！我找到土壤了！」

姆米爸爸抬起頭。「噢！」他說：「妳覺得我這座小島如何？」

「全世界都找不到這樣的小島！」姆米媽媽熱情的回答姆米爸爸：「土壤在海邊才有，而不是在小島的中央。」

「我可以向妳解釋這種現象的原因。」姆米爸爸表示：「如果妳有任何疑問，一定要隨時過來問我，我非常了解大海的一切。妳發現的其實是被海

浪沖上岸的海草，經過一段時間之後，那些海草就變成了真正的土壤。妳現在明白了嗎？」姆米爸爸笑著說，一邊伸出雙手，似乎想將海邊所有的海草都送給姆米媽媽。

姆米媽媽開始蒐集海草。她花了一整天搬運海草，再攤在石頭的裂縫上。姆米媽媽打算在這個地方打造一座院子。海草的溫度與黝黑色澤都和姆米谷的土壤一模一樣，但是裡面參雜著些許紫色與橘色的物質。

姆米媽媽的心情平靜又快樂。她夢想著在這片土地上種出紅蘿蔔、白蘿蔔和馬鈴薯等各種農作物，在溫暖的土壤中長得又大又圓。姆米媽媽彷彿看見作物的枝葉長得茂盛又密集，在風中輕輕搖晃，上面結滿了可供家人享用的番茄、豌豆和長豆等，背景則是蔚藍色的大海。姆米媽媽知道，這個夢想要等到明年夏天才可能實現，但是無所謂，這樣她才能夠充滿期待。姆米媽媽心中最大的夢想，就是在這裡種出蘋果樹。

一天即將結束，姆米爸爸在燈塔裡敲敲打打的聲音早就歇止，就連燈塔外面的燕子也安靜無聲。姆米媽媽吹著口哨，穿過石南樹叢，準備回燈塔去。她手裡抱著許多漂流木。姆米爸爸在樓梯上加裝了扶手，好讓姆米媽媽上下樓的時候比較安全。他還做了兩張小床，放在燈塔的大門前。大門外還有姆米爸爸在海上撿到的木桶。這個木桶沒有任何破損，而且以前應該是綠色的。

在燈塔裡爬樓梯已經不再讓人害怕，只要記得千萬別往下看就好，也最好不要一直想著這座螺旋狀樓梯有多麼老舊。姆米托魯坐在餐桌前，在桌上堆了一些圓形的小石頭。

「姆米爸爸呢？」姆米媽媽問姆米托魯。

「他上燈塔點燈了。」姆米托魯回答：「他不准我和他一起，而且他已經上去很久了。」

空鳥巢放在書桌上。姆米媽媽繼續吹著口哨，將木頭堆在壁爐旁。外面的風停止了，陽光從西側的窗戶照進房間，映在地板和白色的牆壁上。

爐火開始熊熊燃燒，米妮從門外走進房間，像貓咪一樣靈巧的跳到窗台上。她鼻子貼在窗玻璃上，對外面的燕子做了個鬼臉。

通往頂樓的活板門忽然發出一聲巨響，姆米爸爸從鐵梯爬了下來。

「你點亮燈塔的燈了嗎？」姆米媽媽問姆米爸爸：「親愛的，你替我們釘了幾張可愛的床，實在太棒了！我覺得那個木桶很適合用來醃魚，如果只拿來裝盛雨水，實在有點可惜……」

姆米爸爸走到面對南方的窗戶往外看，姆米媽媽這時才發現他的尾巴變得很僵硬，尾端煩躁得不停抖動。姆米媽媽在壁爐裡添了些木柴，再打開鯡魚罐頭。姆米爸爸默默喝著茶，一句話都沒說。等到姆米媽媽收拾完餐盤，將煤油燈放在餐桌上，才開口說道：「我突然想到，據說有些燈塔是用瓦斯當燃料，如果瓦斯用完了，就沒有辦法點燈。」

姆米爸爸從餐桌邊站起來大吼：「妳懂什麼！我現在是燈塔管理員，負責點亮燈塔的燈！這才是重點！妳覺得我們能住在燈塔裡面卻不點燈嗎？如果沒有燈塔的燈光，在黑暗中航行的小船該怎麼辦？那些小船可能隨時會發生意外，在我們眼前沉沒到大海中……」

「姆米爸爸說得沒錯。」米妮接著說：「明天早上，我們就會在海邊看到許多被大海淹死的菲力強克、米寶和霍姆伯，他們的臉色發白，身上纏滿了綠色的海草……」

「不要胡說八道！」姆米媽媽制止米妮往下說。她轉頭告訴姆米爸爸：「如果今天晚上沒有辦法點亮燈，那就等明天或改天再試試啊！要是怎麼試都無法成功，我們可以在天候不佳的晚上將煤油燈掛在窗邊，這樣一來，海上的船隻就知道往我們這個方向駛來是安全的。還有好多事情沒完成，你不覺得我們應該趁天色還沒有完全變黑之前，把床搬上來嗎？但是我真不放心那個老舊的樓梯。」

「我自己搬就可以了！」姆米爸爸說，從掛鉤取下他的帽子。

＊

燈塔外的天色又更黑了。姆米爸爸望著大海，心想：「姆米媽媽又要點燃煤油燈了吧？她會點亮燈，像平常一樣凝視著燈裡的火焰。我們有充足的煤油可

以點燈……」

鳥兒都入睡了，夕陽西沉的天空讓小島西端的岩石看起來更加陰暗。姆米爸爸突然發現那邊的某個岩石上也有一座燈塔，但或許只是一座圓錐形的石堆。姆米爸爸搬起第一張床，然後靜靜的站著聆聽。

他聽見遠處隱約傳來一陣慟哭聲，聽起來既奇怪又孤單，他這輩子從來沒有聽過這樣的聲音。那聲音似乎是從荒涼的大海另一端傳來，姆米爸爸甚至一度覺得自己腳下的石頭好像也因此跟著震動，但是過了一會兒，一切又恢復原本的平靜。

「可能是鳥兒在叫吧？真是奇怪的聲音。」姆米爸爸心裡想著，將床扛在肩上。那是一張堅固的好床，沒有任何缺點可以挑剔，而燈塔裡面那張燈塔管理員的專用床是姆米爸爸的，其他人都不准睡在上面。

*

當天晚上，姆米爸爸夢見自己爬著沒有盡頭的樓梯，四周相當黑暗，不斷傳來翅膀鼓動的聲音，彷彿有許多鳥兒正準備飛走。姆米爸爸每踩一階樓梯，樓梯就會發出吱吱聲響，有如驚人的呻吟。姆米爸爸走得很急，他必須盡快走到燈塔頂端點燈，這是件非常重要的事。樓梯越來越窄，姆米爸爸注意到腳下踩著的變成了鐵梯，這表示他已經來到四周都是玻璃的點燈房。夢境的步調慢了下來，姆米爸爸在黑暗中摸索火柴時，幾片巨大的彩色玻璃突然擋在他面前，將他與大海隔離。紅色的玻璃讓海浪看起來有如火焰般赤紅，綠色的玻璃則讓海面瞬間變成一片碧綠。大海寒冷又遙遠，就像月球或者是某個不存在於這個世界的地方。姆米爸爸沒有時間可以浪費，但是他心裡越是焦急，周遭的一切就越是走得緩慢。他被瓦斯桶絆了一跤，桶子在地板上滾動，數量越來越多，像是一波接一波的海浪。鳥兒突然飛了回來，牠們用翅膀不斷拍打著玻璃。這些突如其來的變化讓姆米爸爸根本沒有辦法順利點燈。姆米爸爸害怕得放聲大叫。玻璃突然破掉了，上千片閃亮的碎玻璃噴濺在他身上。洶湧的海潮淹過燈塔頂端，姆米爸爸在海裡越沉越深。當姆米爸爸從夢中驚醒時，發現自己睡在地板上，毛毯纏住了他的頭。

「你怎麼了？」姆米媽媽問姆米爸爸。

房間裡鴉雀無聲，氣氛有點沉重，從四扇窗戶可看見外面的黑夜。

「我做了夢。」姆米爸爸說：「一個很可怕的夢。」

姆米媽媽站起身子，在即將熄滅的爐火中添加幾根木柴，木柴立刻被火焰吞噬。溫暖的金色火光在陰暗的房間不停閃爍。

「我來幫你做個三明治吧！」姆米媽媽說：「我想你可能還不習慣睡在這個新環境。」

姆米爸爸坐在床邊享用三明治，慢慢從惡噩夢造成的驚嚇中回神。

「我不認為是這個房間的緣故。」姆米爸爸表示：「一定是這張床害我做噩夢！我決定自己重做一張床！」

「我想你的決定沒有錯。」姆米媽媽說：「你是不是掛念著什麼事情呢？你待在森林裡，卻聽不見樹葉的沙沙聲。」

姆米爸爸用心傾聽了一會兒。他聽見大海在小島四周圍發出的聲響，不禁想起以前在姆米谷的時候，晚上只能聽見樹林傳來葉子輕輕發出的沙沙聲。

「老實說，我在這裡很開心。」姆米媽媽將棉被拉到耳際，又繼續說：「但是感覺不太一樣。親愛的，我想你應該不會再做噩夢了吧？」

「我希望不要再做噩夢了。在半夜吃三明治，感覺真的特別美味呢！」姆米爸爸說。

第三章

西風

姆米托魯和米妮趴在太陽底下，眼睛盯著灌木叢。雖然灌木叢長得很矮，但是枝葉相當茂盛。外表看起來一臉憤怒的小樅樹，以及另一種更加矮小的白樺樹，一輩子都得為了生存而與海風對抗。這些樹木之所以緊緊靠著彼此生長，是為了保護自己。它們的樹梢停止往上生長，樹根也不放棄任何抓緊地面的機會。

「誰想得到，這些樹木竟然如此威猛。」米妮一臉欽佩，忍不住讚嘆。

姆米托魯壓低身子，不停扭來扭去，一心想看清楚樹叢底下的情形。他看見地面像地毯似的，滿是樅樹褐色的針葉，上方則一片漆黑，像是洞穴。

「妳看！」姆米托魯說：「那兒有一棵樅樹，用自己的樹枝保護弱小的白樺樹。」

「你真的這麼認為嗎？」米妮邪惡的回答：「我覺得那棵樅樹可能打算勒死白樺樹。這裡就是這麼可怕，人們會在樹叢裡面被勒死。就算此刻樹林裡面有一個人正被掐住脖子，我一點也不會驚訝。就像這樣！」米妮說完後，便用手臂掐住姆米托魯的脖子，並且使勁勒緊。

「快點住手！」姆米托魯放聲尖叫，甩開米妮，「妳真的認為樹林裡有人嗎……？」

「你未免也太好騙了吧！」米妮輕視的回答。

「才不是呢！」姆米托魯大喊：「但我好像看見有人坐在樹林裡！妳剛才說的話很

逼真。我有時候搞不清楚，別人說的話究竟是認真的？或純粹尋我開心？妳到底是不是認真的？樹林裡面真的有人嗎？」

米妮哈哈大笑的站了起來。「別傻了。」她說：「再見。我要去岬角找那個奇怪的漁夫。我覺得他很有意思。」

米妮離開之後，姆米托魯往樹叢靠近了一步，專注的望向裡面。他的心不停蹦跳，耳邊傳來浪花拍打石岸的聲音，溫暖的陽光照在他的背上。

「裡面當然不會有人！」姆米托魯生氣的對自己說：「全部是米妮胡謅的。她最喜歡捏造事情，讓我信以為真！下次她再這樣捉弄我，我就會對她說：『噓！妳別傻了！』當然，我一定會裝出非常高傲的姿態。這座樹林根本一點也不危險，只不過看起來有一點點可怕罷了！這裡的每棵樹都向後彎著腰，彷彿想從土裡拔出樹根，轉身逃跑。這點顯而易見。」姆米托魯的怒氣未消，直接鑽進了樹叢裡。

一鑽進去之後，陽光就被樹枝遮住，氣溫也變冷了。樹枝不斷搔著姆米托魯的耳朵，縱樹的針葉也刺痛他的身體。他一路踩斷許多枯枝，還嗅到類似地下室或是植物枯死的氣味。周遭一片寧靜，連大海的聲音也消失了。姆米托魯彷彿聽見其他人的呼吸聲，嚇得他渾身顫抖，以為樹木會將他拖進深處勒死。姆米托魯急急忙忙想要回到陽光底下，但是心裡又想：「不行！如果我現在回頭，大概再也不會有勇氣進來這裡了。米妮只是在嚇唬我，樹叢裡根本沒什麼！等我回去之後，我一定要告訴她：『噢，樹叢裡根本沒有人被勒住，我已經進去看過了！妳只是在吹牛而已！』」

姆米托魯打了個噴嚏，繼續往更深處鑽去。他偶爾會看見腐朽的樹幹，像褐色的天鵝絨般從上方掉下來，地面則光滑得像絲綢，滿滿覆蓋著乾枯的針葉。

隨著姆米托魯越走越深入，他心裡原本的不愉快也漸漸消失。姆米托魯只覺得自己被周圍這片冰冷的黑暗保護、遮蔽著。他就像是一個弱小的生物，希望隱居在此地，過著與世隔絕的寧靜生活。突然間，他又聽見了大海的聲音，並且再度感受到太陽的溫暖與光芒，原來他爬到了樹叢正中央的空地。

這塊空地很小，大概只有兩張床並排的寬度。空地上很溫暖，蜜蜂繞著花朵嗡嗡飛舞，樹木像保鑣一樣圍在四周。白樺樹的枝葉被風吹得沙沙作響，在上方形成薄薄的綠色屋頂，他可以透過這片綠色屋頂看見太陽。這一切真是太完美了！姆米托魯找到了他的小天地。再加上他是第一個發現的人，所以這裡的一切都只屬於他。

姆米托魯坐在草地上，安靜的閉著眼睛。一直以來，他最大的願望之一就是擁有安全的祕密小窩，為此不斷的尋覓，雖然找到過幾個地方，卻都比不上這裡。這個地點既隱祕又開放，只有小鳥看得到他。地面非常溫暖，四周還有茂密的樹叢保護，姆米托魯滿足的嘆了口氣。

就在這時，某種東西咬了姆米托魯的尾巴，疼痛感像火燒一樣，讓他整個人跳了起來。他馬上發現凶手是螞蟻，一種體型很小但是凶惡的紅螞蟻。牠們群聚在草地上，從四面八方而來。突然，另一隻螞蟻也咬了姆米托魯的尾巴。姆米托魯慢慢往後退，忍不住失望得紅了雙眼，還非常生氣。他明白這群螞蟻比自己先在這裡定居，但反正螞蟻住在地底下，根本不知道地面上發生什麼事。姆米托魯認為，螞蟻就連小鳥或雲朵長什麼模樣都不知道，也不可能明白這塊空地對他來說有多麼重要。

公平正義的形式有很多種，如果就其中一種形式而言，這塊空地應該屬於姆米托魯，而不是紅螞蟻的。雖然情況有點複雜，但是絕對站得住腳。「我應該怎麼做，才能讓螞蟻明白這個道理呢？」姆米托魯心想：「螞蟻就算搬到其他地方居住，一定也能生活得很自在。牠們只需要往旁邊搬一點，就算只有幾公尺也好。我是不是真的沒有辦法向螞蟻說明這些呢？在最壞的情況下，可不可以在空地上畫一條界線，彼此互不打擾，共同在這裡生活呢？」

紅螞蟻又圍了上來。牠們鎖定姆米托魯，向他展開攻擊。姆米托魯急忙往後退開，狼狽的逃走，但是他下定決心還要再回來這裡。這塊空地一定等了他好久，或許等了好幾百年也說不定。姆米托魯比任何人都喜歡這塊空地，因此這塊空地是屬於他的。即使同時有一百萬隻螞蟻也喜歡這塊空地，那種喜歡的程度也比不上姆米托魯。總之，姆米托魯就是這麼認定。

＊

「爸爸！」姆米托魯大喊。

但是姆米爸爸沒有聽見，他正在滾動一顆大石頭。石頭「碰」的一聲滾下斜坡，碰撞出兩個美麗的火花，還隱約散發出一絲火藥味。它滾到斜坡底端，停在那裡動也不動。「滾動大石頭的感覺真棒。」姆米爸爸心想：「首先，必須先卯足全力去推，感覺石頭開始慢慢移動。起初只動了一點，接著滾動的幅度越來越大，最後滾入大海，濺起巨大的水花。這景象總是令人格外的驕傲自滿。」

「爸爸！」姆米托魯又喊了一次。

姆米爸爸回頭望向姆米托魯，向他揮揮手。「這塊大石頭正好落在它的位置。」姆米爸爸大聲說：「我要在這裡築出一道突碼頭，也就是防波堤的一種。」他走向大海，口中呼著氣，雙手滾動另一顆比剛才更大的石頭。在海水中滾動石頭比在陸地上來得輕鬆，但是姆米爸爸不明白其中的道理。總而言之，這種神奇的現象讓姆米爸爸覺得自己力大無比。

「爸爸，我有事情想問你。」姆米托魯大聲的說：「是關於紅螞蟻的事！」

姆米爸爸從海水中抬起鼻子，豎起耳朵聆聽姆米托魯的問題。

「紅螞蟻的事情！」姆米托魯又說了一遍：「我想知道我們能不能和紅螞蟻交談？如果我寫一張告示牌，牠們看得懂嗎？」

「紅螞蟻？」姆米爸爸有點驚訝的說：「牠們當然讀不懂告示牌啊，牠們什麼都不懂！我現在得找顆三角形的石頭放在這兩顆石頭中間，防波堤必須建造得很堅固。我總是說，要打造一座碼頭，一定得讓非常了解大海的人來負責才行……」姆米爸爸又將鼻子浸入海裡，繼續往前進。

姆米托魯走到海邊較高的地方，看見姆米媽媽在她的院子裡走來走去，忙著在植物旁鋪海草。她的雙手和圍裙都髒兮兮的，但是專注的神情看起來相當愉快。

姆米托魯走到她身旁，說道：「媽媽，請妳想像一下，如果妳找到一個很棒的地方，想要占為己有，但是那裡已經住了一群人，而且那群人不願意搬到其他地方去。妳覺得那群人有權利繼續住在那裡嗎？他們根本不明白那個地方有多棒！」
「當然啊！他們當然有權利繼續住在那裡。」姆米媽媽坐在海草上回答。
「但如果那些人就算住在垃圾桶裡也覺得很幸福呢？」姆米托魯大聲問。
「若是這樣的話，那就慢慢解釋給他們聽。」姆米媽媽表示：「或者如果他們願意搬家，也可以幫忙。不過，如果他們在同一個地方已經住了很久，搬家會是相當痛苦的事喔！」
「你們的答案都好討厭喔！」姆米托魯說：「米妮呢？」
「那孩子在燈塔裡的某個地方吧？她好像在搭建升降梯之類的東西。」姆米媽媽回答。

*

米妮掛在敞開的北面窗戶外，看起來非常危險。她在窗戶外面突起的木板上釘鐵釘。通往頂樓的活板門敞開著，地板上則堆放了一些灰色東西。
「如果爸爸看見妳這麼做，會不會不高興？」姆米托魯問米妮：「他不准任何人爬到頂樓，因為那裡是他專屬的房間。」

「反正，姆米爸爸專屬的房間上方還有一間閣樓。」米妮毫不在意的回答：「閣樓裡面什麼都有，是個很棒的地方！請你把釘子遞給我！我已經受夠了每次一到吃飯時間就得爬樓梯上來，所以我打算做一個升降梯！這麼一來，你們就可以把坐在籃子裡的我拉上來吃飯，或者用升降梯送食物下去給我，那可就方便多了！」

「米妮真是了不起！」姆米托魯心想：「她只要想到什麼，就會馬上去做，誰也阻擋不了她。只要是她想做的事，她一定能完成。」

姆米托魯說：「對了，那個樹叢裡面根本沒有人，一個人都沒有，可能只有幾隻螞蟻罷了。」

「真的嗎？」米妮回答：「我也是這麼認為。」

這件事就這樣告一段落。米妮又開始一邊吹口哨，一邊釘鐵釘。

「在爸爸回來之前，妳一定要將這些亂七八糟的東西收拾乾淨！」姆米托魯趁著鐵槌敲打聲的間隙大喊，但是米妮似乎完全沒有聽進去。他失望的翻弄身旁的舊報紙、罐頭、魚網、羊毛手套和海豹皮，突然發現了一幅月曆。大大的月曆上，有一張海馬在月光下踏浪奔馳的圖片，月光照在大海上，海馬有著金色的長鬃毛，蒼白而深不可測的雙眼。怎麼可能有人畫出這麼美的畫！姆米托魯將月曆攤在書桌上，靜靜注視了許久。

「那是五年前的舊東西。」米妮跳到地板上說：「你看日期就知道了，和現在完全不同，而且已經撕破了。幫我拉著繩子！我要試試這個升降梯管不管用。」

「等一下，我有事情想問妳。」姆米托魯問米妮：「如果我想叫螞蟻搬家，應該怎麼做才好？」

「把螞蟻從土裡挖出來，就這麼簡單！」米妮回答。

「不行啦！我要用和善的態度請他們搬家！」姆米托魯馬上大聲反駁。

米妮目不轉睛的看著姆米托魯，過了一會兒才說：「噢，這下子我明白了！你一定是在樹叢後方找到了一個喜歡的地方，但是那裡有螞蟻！如果我幫你趕走那些螞蟻的話，你打算怎麼報答我？」

姆米托魯突然感到一陣鼻酸。

「放心，我會替你解決的！」米妮平靜的說：「一、兩天之後，你再去那裡看看。不過你現在得先幫我看著升降梯。我要下樓了。」

姆米托魯站在原地動也不動，他覺得很悲哀，自己的祕密被揭穿了！他好不容易才找到一個完美的小天地，如今卻已經變成一點兒也不稀奇的公開場所。姆米托魯專注看著月曆上海馬的眼睛。「海馬和我一樣。」他心想：「我們了解彼此的感覺，因為我們都只在乎美麗的事物。我一定要得到我的祕密小窩，其他什麼都不重要。不過，我現在不想去思考這些事。」

米妮在窗口下面拉拉繩子。「快點拉我上去！」她高聲大喊：「不准放手！別忘了我會替你處理螞蟻的事。」

升降梯的運作相當順利。事實上，米妮從來不覺得這個點子會失敗。

*

疲倦但是開心的姆米爸爸穿過石南樹叢，朝著燈塔的方向走去。他當然還打算再試著點亮燈塔的燈，但是目前距離傍晚還有一段時間。姆米爸爸整天都忙著滾動大石頭——非常大的石頭。每當姆米爸爸

推著大石頭入海時，院子裡的姆米媽媽就會轉頭看過來。姆米爸爸繞到西邊的海岬，再回到燈塔。

他看見漁夫的漁船駛過海岬的下風處。漁夫坐在船頭釣魚，姆米爸爸從來沒聽說過這個時節還能釣魚，適合釣魚的季節應該是七月。不過他也不是普通的漁夫，或許他只是喜歡一個人獨處。姆米爸爸原本打算舉起手打招呼，想了想又作罷。漁夫根本不理會別人。

姆米爸爸爬上岩石，迎著海風向前走。石頭呈弓狀，像是大怪物的背部，排成一列彷彿是朝著大海前進的隊伍。姆米爸爸不知不覺來到一座池塘邊，池水很平靜，而且是黑色的，讓橢圓形的池塘看起來像是一顆大大的眼睛。姆米爸爸非常高興，池塘像是一面湖，黑色的池水是全世界最神祕的東西！偶爾會有小小的海浪越過石縫打進池子裡，在一瞬間撩動原本平靜如鏡的水面，但是過一會兒，又會恢復成原本寧靜的模樣，茫然的凝視著天空。

「池水大概很深吧？」姆米爸爸心想：「一定很深！我的小島簡直是一個完整的世界，什麼都有，尺寸也剛剛好。我真的太高興了！我居然能夠擁有一個完整的世界。」

他加快腳步走回燈塔，想在其他人發現黑色池塘之前，搶先告訴大家。

「可惜那不是淡水池！」姆米媽媽遺憾的表示。

「那座池子是海水形成的。」姆米爸爸手舞足蹈的解釋：「一定是暴風雨侵襲小島時，海水倒灌進來，一次又一次打動底部的大石頭，最後才形成這座深邃的池塘。」

「說不定裡面會有魚。」姆米媽媽說。

「好像有。」姆米爸爸說：「如果有的話，一定長得非常大。你們可以想像一下，體型巨大的狗魚住在那座池子裡好幾百年，身體一年比一年胖，脾氣越來越壞。」

「哇！這太棒了！」米妮興奮的說：「我要去釣釣看！」

「釣魚可不是小女孩應該做的事！」姆米爸爸的語氣相當堅定：「妳不可以去釣魚！那座黑池是爸爸專屬的，誰都不准靠近。你們必須知道，那地方非常危險！我會仔細檢查那兒，但不是現在。我現在要先蓋碼頭，還要打造一個大烤爐，用來

燻烤鰻魚和超過十四磅重的狗魚。另外，趁著還沒開始下雨之前，必須趕快撒網……」

「還有，屋頂要做一個導水槽。」姆米媽媽補充：「再過兩、三天，我們就沒有飲用水可以喝了。」

「親愛的，別擔心。」姆米爸爸驕傲的回答：「只要妳提出需求，我一定會做到，妳只要等著看就好！我什麼都會做！」

大夥兒走回燈塔，姆米爸爸還不停的描述著巨大的狗魚。海風輕輕吹過石南樹叢，金色的夕陽照耀在整座小島上，只有那座池塘仍隱匿在石頭的陰影中。

*

姆米媽媽清理乾淨米妮到處亂丟的東西，也蓋上通往頂樓的活板門。姆米爸爸一走進房間，馬上就注意到那幅月曆。

「我正好需要這個東西！」姆米爸爸說：「你們在哪裡找到的？如果我們要在這座小島上生活，就必須知道今天是星期幾。今天是星期二，這點我還很清楚。」他拿起筆，在月曆的空白處畫上一個大圈圈。「這是我們抵達小島的那一天。」他說完又在大圈圈底下畫了兩個小叉叉，分別代表星期一和星期二。

「你們看過海馬嗎？」姆米托魯問：「海馬是不是真的像這張圖那麼漂亮？」

「大概吧？」姆米媽媽回答：「我沒看過。但是圖畫上的海馬通常比較誇張。」

姆米托魯若有所思的點點頭。遺憾的是，圖上看不出海馬是否裝著銀製馬蹄鐵。

夕陽將整個房間映照成金黃色，不久又變成紅色。姆米爸爸站在房間中央沉思，現在應該是他上樓點亮燈的時候，但如果爬上樓梯，大家都會知道他為什麼上樓去；而當他下樓時，大家也會知道他還是沒有辦法把燈點亮。「為什麼大家不能出去走走，等到天黑再回來，讓我自己一個人慢慢試著點燈呢？」姆米爸爸心想。有時候，姆米爸爸會覺得家庭生活很惹人厭，因為他的家人不夠細心體貼，例如現在這種情況。儘管大夥兒已經在一起生活了那麼久，還是學不會察言觀色。

於是姆米爸爸做出和一般人生氣時相同的舉動，他走到窗戶旁，背對著房間裡的其他人。

窗台上放著魚網的浮標，姆米爸爸這才發現自己徹底忘記撒網了，這是相當重要的事。姆米爸爸大大鬆了一口氣，他轉過頭說：「我們今晚去撒網捕魚吧！魚網必須在日落之前撒進海裡。事實上，既然我們打算在這座小島上生活，從今天開始就該每晚都撒網捕魚。」

姆米托魯便和姆米爸爸一起帶著魚網出航了。

「我們應該從東邊的海岬開始，以弓狀的方式撒網。」姆米爸爸說：「西邊的海岬是漁夫的地盤，我們不要打擾他。現在你慢慢划船，我來觀察海底的情況。」

海水從沙灘平台一路往下延伸，像是越來越深的階梯。姆米托魯划過一片暗沉的海草，朝著海岬的方向航去。

「停！」姆米爸爸說：「再往後退一點。這裡的海底剛剛好。我們對準這些石頭，慢慢將魚網以斜角方式撒進海底。現在撒網！」

姆米爸爸投下附有白色小旗的浮標，接著將魚網撒進海裡。網子以規律的速度滑開，網眼的水珠閃閃發亮。軟木在海面上漂了一下子，像一串珍珠項鍊般往海底沉去。撒網是一件令人滿足的工作，它屬於男人，是男人為了家人而做的工作。

撒完第三張魚網之後，姆米爸爸朝浮標吐了三次口水，好讓它們沉入海底。他的口水飛過空中，拖曳著長長的尾巴，最後消失在

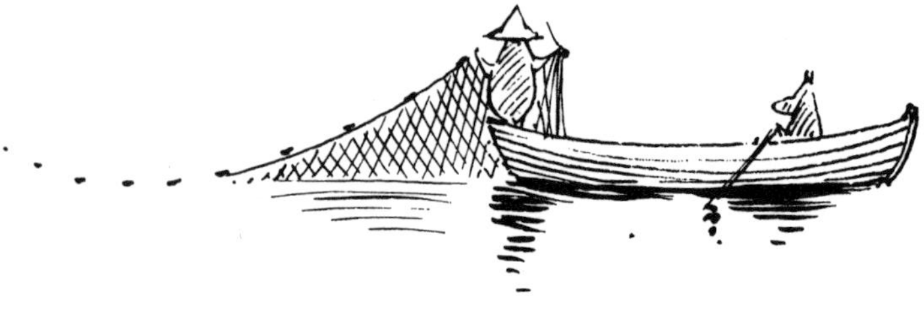

水裡。完成這些工作之後，姆米爸爸才在船尾坐下。

這是一個安詳的黃昏。美麗的晚霞消失在薄暮中，只剩下樹叢正上方的天空還是紅色的。姆米爸爸和姆米托魯靜靜的拖船上岸，再穿越過小島，準備返回燈塔。

當他們經過白楊樹叢時，聽見了一陣微弱的哭聲從大海的那頭傳來。姆米托魯停下腳步。

「我昨天也聽見這種哭聲。」姆米爸爸說：「我想這應該是鳥類的叫聲吧？」

姆米托魯望向大海。

「石頭上有個東西！」他說。

「那可能是一座小燈塔。」姆米爸爸說完，繼續往前走。

「可是昨天那裡沒有小燈塔啊！」姆米托魯心想：「那個地方原本什麼東西都沒有啊！」他依舊站在原地不動。

石頭上的那個東西動了，以非常緩慢的速度滑下石頭，隨即消失不見。「那應該不是漁夫，漁夫又矮又瘦。那一定是其他東西！」

姆米托魯打起精神，繼續往前走。未經證實的事情，他絕對不會說出口，也不想知道每晚坐在那裡哭泣的是什麼東西。

姆米托魯在半夜裡醒來，他靜靜躺在床上傾聽。有人在呼喚他，但是聽不太清楚，或許只是一場夢。黑夜就像傍晚一樣寧靜，到處灑滿藍白色的月光。接近滿月的月亮高掛在小島的正上方。

姆米托魯不想吵醒姆米爸爸和姆米媽媽，他非常輕聲的下床，走到窗戶旁邊，打開窗子往外瞧。他聽見海浪拍打沙灘的微弱聲響，看見在冷清大海中時隱時現的黑色岩石。除了遠處傳來鳥兒的鳴叫聲，整座小島幾乎都沉睡了。

不對！沙灘那邊似乎有些動靜。遙遠的那頭傳來馬蹄奔馳和水花四濺的聲音，那邊一定發生了什麼事。姆米托魯突然相當興奮。無論發生了什麼，姆米托魯十分確定只和自己有關，與其他人都沒有關係。他得去海邊一探究竟，某種直覺告訴姆米托魯，這是一件相當重要的事。他必須在深夜裡出門，看看海邊到底發生了什麼。有人正在呼喚他，而他絕對不可以感到害怕。

姆米托魯走到房門前，一想到螺旋狀的樓梯，便忍不住開始猶豫。假如是白天，他可以毫不遲疑的衝下樓梯，什麼都不必多想，可是夜裡的螺旋狀樓梯就很恐怖了。於是他回到房間，從餐桌上拿起煤油燈，並且在壁爐架上找到火柴。

姆米托魯關上房門，往下一看，覺得燈塔的內部有如一口深不見底的黑井，正張開大口準備吞噬他。雖然姆米托魯在黑暗中什麼都看不到，但是他知道黑井就在最下方。煤油燈的燈光忽明忽暗，過了一會兒之後才變得穩定。姆米托魯將煤油燈放在地上，鼓起勇氣四處張望。

光線似乎嚇壞了所有的影子，當他再度提起燈時，周圍的暗影全都不停晃動。姆米托魯身旁有許多影子，在中空的燈塔內以各種奇妙的形狀起起落落，看起來非常漂亮。樓梯一路往下通往燈塔底部，宛如史前動物化石般灰白又脆弱，末端則消失在黑暗中。姆米托魯每跨出一步，照在牆壁上的影子就會在他身旁不斷跳動，讓他覺得非常美麗，不再害怕。

姆米托魯緊緊拿著煤油燈，一步步走下樓梯，最後終於走到燈塔底部的泥土地上。大門和往常一樣沉重，發出嘎吱嘎吱的聲音。姆米托魯站在燈塔外的石頭上，徜徉在冰冷虛幻的月光之中。

「人生真是充滿了刺激！」姆米托魯心想：「任何事情都可能在轉瞬間改變，而且不需要理由。樓梯突然變得這麼漂亮，讓我幾乎把祕密小窩拋在腦後！」

他氣喘吁吁的走在石頭上，穿過石南與白楊樹叢。樹林全都靜悄悄的，一點聲音也沒有。姆米托魯放慢腳步，豎起耳朵聆聽。沙灘上非常安靜。

「我嚇到了他們。」姆米托魯心想，彎下身子熄滅煤油燈，「晚上出沒的傢伙一定比較害羞，但是夜裡的小島真的很嚇人。」

燈光熄滅後，姆米托魯覺得自己更熟悉小島了，月光下的安靜小島與他變得很親密。姆米托魯什麼都不怕，靜靜坐在沙灘上傾聽四周圍的聲音。他聽見白楊樹叢後方傳來一陣馬蹄在沙灘上奔跑跳躍的聲音，時而靠近又時而遠離，偶爾還會跑進海裡濺起水花，讓浪花四處飛舞。

是海馬！他的海馬！這下子姆米托魯完全明白了。他在沙灘上撿到的銀製馬蹄鐵、月曆中在月光下揚起浪花的海馬、自己在睡夢中聽見的呼喚聲……都是來自海馬。姆米托魯站在樹林裡，專心看著海馬的舞姿。

兩匹海馬在海邊上下跳動，頭抬得高高的，鬃毛隨風飄揚，身後的尾巴拖曳著長長的光波。那是言語無法形容的美麗，海馬自己彷彿也明白，她們自在又開放的舞動身體，不僅為自己而舞，也為對方而舞，更為了小島與大海而舞，無論是為誰都一樣。海馬有時會突然躍進海裡，濺起高高的水花，在月光下形成美麗的彩虹。她們會跳過彩虹，時而昂首，時而低頭，盡情展現自己頸部、背部、尾部的曲線，彷彿在鏡子前跳舞似的。

突然間，海馬停下動作，開始互相摩擦彼此的身體，她們顯然只在乎對方。兩匹海馬身上的皮毛像灰色的天鵝絨，看起來溫暖又柔軟，似乎不會被海水弄濕，還有像花朵一樣美麗的斑紋。

姆米托魯凝視著海馬的時候，奇怪的事情發生了：他突然覺得自己也變得很美，心裡有種全然放鬆、歡欣喜悅而且飄飄然的感覺。於是他跑到海邊大喊：「看啊！月光多麼溫暖！我覺得自己快要飛起來了！」

海馬發出一聲嘶喊，在月光下飛奔而去。她們跑過他身旁時，眼睛一直盯著姆米托魯看。海馬的鬃毛隨風飄揚，馬蹄慌張的踢著地面。姆米托魯知道她們只是假裝害怕，並非真的受到驚嚇，但是他不確定自己該要開心鼓掌，還是安撫海馬的情緒。姆米托魯突然又覺得自

已非常渺小，既肥胖又笨拙。兩匹海馬繼續跑往海邊時，姆米托魯急忙大喊：「妳們好漂亮！真的好漂亮！不要不理我嘛！」但是他只看見水花四濺，不久連彩虹也隨之消失，牠們已經將沙灘遠遠拋在身後。

姆米托魯坐在沙灘上靜靜等待，他認為海馬一定會再回來，只要耐心等候，她們一定會再回到這裡來。

但是夜漸漸深沉，月亮也離開了。

「或許她們希望沙灘上有點光線，只要有光線，就能吸引她們過來這裡玩耍！」姆米托魯心想，便點燃煤油燈放在自己的面前，全神貫注的望著眼前黑漆漆的大海。過了一會兒，他站起身來，開始前後搖晃煤油燈。他認為這是一種信號。他心裡想著一些撫慰人心的事，繼續有耐性的搖晃著煤油燈。

海邊越來越冷，也許快要天亮了。寒氣從大海那頭飄過來，姆米托魯的手腳都快凍僵了。他全身發抖，抬頭一看，竟看到莫蘭坐在他面前的海上！

莫蘭的雙眼跟著姆米托魯的煤油燈來回飄移，但是她身體的其餘部位都靜止不動。姆米托魯知道莫蘭一定會越來越靠近他，他並不想和莫蘭有任何接觸，只想趕緊遠離冰冷又遲鈍的莫蘭，遠遠離開這個寂寞的傢伙。但不知道什麼原因，他動彈不得。

姆米托魯站在原地，搖晃煤油燈的速度越來越慢。莫蘭和姆米托魯都不曾移動，時間一分一秒過去。最後，姆米托魯終於可以自由活動了，他悄悄後退，但是莫蘭還是繼續坐在小小的冰島上。姆米托魯一直盯著她，同時一路往後退去。他離開沙灘，退到白楊樹叢旁，熄掉煤油燈。

月亮已經沉到小島後方，四周變得非常漆黑。海面上好像有個影子在移動，只是姆米托魯不太確定。他朝著燈塔走去，一路上不停的思考著許多事。

此時大海非常平靜，但是白楊樹的葉子似乎全都受到驚嚇，開始沙沙作響。姆米托魯聞到樹叢裡飄出濃濃的煤油味，然而這個味道似乎不屬於這座小島，也與夜晚毫無關聯。

「這些事情留到明天再想吧！」姆米托魯自言自語的說：「我現在必須思考更重要的事。」

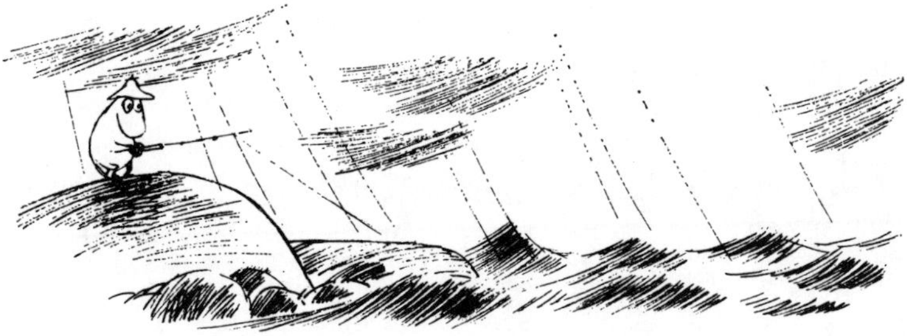

第四章

東北風

日出之前，小島上颳起一陣風。那是令人討厭的東風。姆米一家人在早上八點鐘左右醒來，當時風已經從東邊吹來，還伴隨著大雨，將燈塔籠罩在風雨之中。

「這樣一來，我們就可以儲水了。」姆米媽媽說：「謝天謝地，還好我找到適合的罐子，也洗乾淨了！」姆米媽媽說著，一面在壁爐裡添加木柴。

姆米托魯還躺在床上，不想和任何人說話。天花板上有一片污漬，污漬的正中央懸著幾滴水珠，還逐漸變大，最後滴落在桌面上，隨即又馬上結出新的水滴。

米妮突然從門外衝進來。她擰著被雨淋濕的頭髮，開口說道：「碰上這種天氣，我的升降梯就不管用了。大風吹走了我的升降梯。」

屋裡可以聽見燈塔外呼嘯的風聲，大門突然「砰」的一聲關上。

「咖啡煮好了嗎？」米妮問：「這種鬼天氣害我肚子好餓！你們知道嗎？海浪湧進了那座黑色池子，還讓老漁夫住的海岬變成了小島。他被風吹得亂七八糟，此刻正躲在小船底下數著雨滴呢！」

「啊！我的魚網！」姆米爸爸大叫一聲，慌張的從床上跳了起來。「我們在海裡撒了魚網！」他急忙衝到窗戶旁，但是看不到浮標的蹤影。東風正對著海岬吹來，如果想要邊阻擋強風邊拖起魚網，肯定不容易，更何況還下著雨。

「反正魚網放在海裡，應該不會有事。」姆米爸爸說：「而且網裡的魚可能會越聚越多。等我吃完早餐之後，就上樓去觀察暴風雨的動向，看看能不能搞清楚這陣強風。我想這場暴風雨大概傍晚就會停止了，你們等著瞧吧！」

*

從高處向外望去，暴風雨並沒有什麼變化。姆米爸爸凝視著燈塔的燈，先鬆開一顆螺絲，再拴緊。他反覆開關燈塔的大門，還是無法點亮燈。「這座燈塔如此巨大，竟然沒有準備說明書，讓人參考點亮燈的方法。實在太糟糕了，真是不可原諒！」姆米爸爸暗忖。

姆米爸爸坐在瓦斯桶上，身體靠著牆壁。雨水打著窗玻璃，強風襲來時，玻璃就會發出劇烈聲響。一扇綠色的窗玻璃破了，地面上開始積水。姆米爸爸茫然的站著，將地板上的積水想像成一條彎曲河流形成的三角洲。他的目光轉移到牆壁上，突然發現有人用鉛筆在牆上寫了一首詩。他走到牆邊，開始讀起那首詩：

在那空蕩的海上，

只有孤單的月亮，
看不見船隻來往，
已度過四年時光。

「這一定是燈塔管理員寫的。」姆米爸爸心想：「想必是他某天情緒低落時所寫的詩句。他辛辛苦苦點亮燈塔的燈光，海上卻沒有任何船隻經過，真是可憐。」牆壁更高的地方有管理員寫的另外一首詩，這首詩看起來比較沒那麼憂傷：

東方吹來的強風，就像巫婆的嘲弄，
吹到最後，只剩淚珠靜靜滾動。

姆米爸爸開始沿著牆壁行走，想看看管理員是否還寫了其他詩句。牆面上其他地方果然還有，許多是關於強風的描述，最可怕的一次看起來是強度十級的西南風。另外一面牆上還有許多詩，但是都被用粗黑的線條畫掉了。姆米爸爸只能隱約讀出一些關於鳥兒的詩句。

「我應該繼續調查燈塔管理員的事。」姆米爸爸心想：「等天氣好轉，我就去拜訪一下漁夫！他們都住在這座小島上，應該互相認識才對。但我還是先關上這扇活板門吧！以後不要再上來這裡了，這個地方太讓人感傷了。」

他穿過活板門，爬下梯子，告訴大家：「目前的風向稍微朝著東北方吹，也許不久就會停歇。對了，我們是不是應該找時間請漁夫過來喝杯咖啡呢？」

「我打賭他不喝咖啡。」米妮說：「他可能只吃海草和生魚，說不定還會用牙齒的縫隙吸食浮游生物呢！」

「妳說什麼？」姆米媽媽聽了之後驚訝的說：「這種飲食習慣也太奇怪了吧？」

「他看起來似乎不吃其他東西。」米妮又補充了一句：「如果真的是這樣，我也不會驚訝。但是他知道自己想要什麼，而且從來不向別人提出任何問題。」她以充滿讚賞的口吻說。

「他曾對妳說過什麼話嗎？」姆米爸爸問。

「完全沒有。」米妮說完就爬上壁爐架，縮著身子靠在溫暖的牆壁，打算在下雨的日子睡上一整天。

「不管怎麼說，他畢竟是我們的鄰居。」姆米媽媽含糊的說：「我的意思是，總不能不理鄰居吧？」她嘆了一口氣，又補充道：「雨水好像滲進來了。」

「我會修理好。」姆米爸爸說：「事情一件一件慢慢來，等我有空的時候，我會逐一修好所有的東西。」但其實他心裡想的是：「天氣大概快要放晴了，我真不想再爬到頂樓。上面有太多東西，會讓我想起身為燈塔管理員的責任。」

*

雨在傍晚時漸漸停下，風也靜止了，姆米爸爸決定收起魚網。

「這下子他們就可以看得出來，我對大海非常了解。」姆米爸爸說。他對自己相當驕傲，「我們一定來得及吃晚餐，還會帶一條最大的魚回家。其他的小魚就再放回大海中。」

小島上到處都濕答答的，看起來相當憔悴，彷彿被雨水洗去了原有的色彩。由於海水高漲，沙灘幾乎淹沒了，小船的船尾泡在海裡，整艘船左右晃個不停。

「我們必須把小船拖到赤楊樹叢旁！」姆米爸爸對姆米托魯說：「現在你應該明白，秋天來臨時，海水就會變得多麼可怕。如果我等到明天早上才收魚網，小船恐怕早就不見了。我們對大海一定要非常小心謹慎，我想你應該懂吧？」隨即又補上一句：

「海水的潮汐為什麼會起起落落呢？其中一定有原因……」

姆米托魯看看四周，海邊的風景已經完全不同了。大海變得更大，海面上的波浪看起來很疲倦，鬱悶的上下起伏。海邊也堆滿小山一般的海草。「這裡已經沒有可以讓海馬奔跑的沙灘了。海馬喜歡充滿沙的沙灘，所以她們一定不肯再回來了！如果莫蘭看見海馬，嚇走她們的話……」姆米托魯往海岸邊那幾座小島的方向張望，但是在濛濛細雨中，什麼都看不清楚。

「划船時要注意前進的方向！」姆米爸爸大喊：「仔細留意浮標，小心海浪，不然小船會被海浪沖到岸上。」

姆米托魯使盡全力划著船，冒險號一直被風浪推往下風處，身陷驚濤駭浪之中。

「快划！快划！」坐在船尾的姆米爸爸大喊：「快點轉向！後退！後退！」他趴在船尾，伸手想去抓浮標，「不！不！不對！不對！這邊才對！不對，我是說這邊！好了，我抓到了，繼續往前划！」

姆米爸爸抓到魚網後就馬上開始收網，但是雨水不斷打在他的臉上，網子也相當沉重。

「一定抓到了很多條魚，這下子我們吃都吃不完！」姆米爸爸驚喜的想著。「這一切真不容易啊！」他說：「但是沒有辦法，因為我必須照顧家人，一大家子的人……」

姆米托魯努力划動船槳，看著一團黑色物體跟著魚網拖上船。是海草，魚網裡全是海草，至少有好幾公尺那麼長。

姆米爸爸一句話都沒說，他沒心情整理魚網，只是躺在船上隨意拉起網子。網子裡滿是棕黃色的海草，卻連一條魚也沒有。姆米爸爸撒下的三張魚網都一樣，除了海草之外什麼都沒有。姆米托魯將小船轉向，固定住右邊的船槳，順著洋流航向海岸。過了一會兒，冒險號的船首靠岸了。接著而來的海浪拍打著船身，打翻了小船。姆米爸爸這時突然又充滿精神。

「我們跳船吧！拉直船頭！」姆米爸爸大喊：「把小船拉上岸！緊緊抓牢！」

姆米托魯聞言後立刻跳下船，海水淹到他的腰

部。他伸出手抓住冒險號，但是一波接一波的海浪淹過他的頭。海水非常寒冷，讓姆米托魯冷得發痛。姆米爸爸試著將魚網拖上岸，又拖又拉，他的帽子蓋住了眼睛，船槳捲到了沙灘上，與魚網糾纏住，絆到姆米爸爸的腳。各種倒楣的事情全都發生了，當姆米爸爸和姆米托魯好不容易將冒險號拖至安全的處所時，海上又飄來一片雨雲，黑暗頓時籠罩著四周。夜晚來臨了。

「呃，我們終於搞定了，一切都挺順利的。」姆米托魯表示。他偷偷看了姆米爸爸一眼。

「你覺得很順利嗎？」姆米爸爸以懷疑的口吻問。他看著眼前的魚網與堆積如山的海草，突然覺得姆米托魯說得也沒錯，於是說道：「嗯，很順利。這是一場與大海的搏鬥，你知道，討海人經常會遇上這種場面。」

＊

米妮聽完姆米爸爸和姆米托魯的冒險之後，將自己吃了一半的三明治放在餐桌上，她說：「你們兩個人接下來有得忙了。海草在魚網裡放了一整天後，會像魔鬼一樣緊緊纏著網子不放。你們必須花上三、四天的時間整理。」

「是嗎？」姆米爸爸問。

「沒關係，反正我們有的是時間。」姆米媽媽趕緊接話：「如果天氣好的話，清理魚網或許是一件很好玩的工作呢！」

「你們可以請那個漁夫來吃光那些海草。」米妮又說：「他最喜歡海草了。」

姆米爸爸有點沮喪。他在燈塔點燈時慘遭挫折，現在又得處理這堆麻煩的海草，真是太不公平了！無論他多麼辛苦，卻連一件事情都搞不定，成功彷彿從他的指縫間溜走了。姆米爸爸的思緒開始變得混亂，不停的用小湯匙在咖啡杯裡攪拌著，即使咖啡裡的糖早就溶光了。餐桌正中央擺著一個小鍋子，水滴從天花板上規律的滴下來。姆米托魯坐在一旁看著月曆，尾巴無精打采的打了個結。

「我們點燈吧！」姆米媽媽興高采烈的說：「今天晚上有暴風雨，我們可以將煤油燈掛在窗外。」

「不行！不行！不能掛在窗戶上。」姆米托魯大喊，緊張的跳了起來。

姆米媽媽嘆了口氣。如同她所擔心的，下雨天讓大夥兒都變得很奇怪，感覺就像是在旅途中因為下雨而困在室內。未來還會遇到許多雨天，如果他們還在姆米谷的家，每個人都有很多事情可做。在這裡卻……姆米媽媽站起身子，走到書桌前，打開最上面的抽屜。

「今天我檢查了一下這張書桌。」姆米媽媽說：「抽屜裡面幾乎都是空的。但是你們絕對想不到我發現了什麼！一盒拼圖遊戲！裡面至少有好幾千塊拼圖。除非我們拼出來，否則永遠無法得知最後會是什麼圖案。我覺得非常有趣！你們認為呢？」

姆米媽媽把拼圖倒在餐桌上，在大家放咖啡杯的桌面中央堆成一座小山。姆米一家人望著那些拼圖，大夥兒都顯得意興闌珊，一點興趣也沒有。

姆米托魯拿起其中一塊拼圖，這塊拼圖是全黑的，就像莫蘭一樣，也像是樹叢的影子，或是海馬的黑眼珠，又或者是其他上百萬種事物。最後拼出來的圖案可能是任何一種東西，而且除非已經拼出了大致的模樣，否則根本很難找到這塊全黑的拼圖應該擺在什麼地方才對。

*

這天夜裡，莫蘭在海上唱歌。可是沒有人提著煤油燈來到海邊，無論莫蘭怎麼等，就是沒有人出現。

莫蘭的歌聲本來很輕柔，後來這首寂寞之歌的音量漸漸變大，不僅聽起來淒涼，還有一點抗議的意味：

世界上只有我是莫蘭
沒有其他的莫蘭
世界上只有我最冰寒
永遠不會變溫暖

「那一定是海豹的叫聲吧？」姆米爸爸躺在枕頭上喃喃自語。

姆米托魯用毛毯蓋住頭。他知道莫蘭在等待煤油燈，但是他不打算因此感到自責。「莫蘭喜歡大吼大叫就隨便她吧！我才不在乎呢！」姆米托魯心想：「我一點都不在乎！而且媽媽說我們的煤油消耗得太快了，所以就這樣吧！」

＊

過了好幾天，島上依然持續吹著強勁的東風，海平面也不斷升高，海浪像是想要催眠小島似的，不停朝著小島發出隆隆聲響。漁夫的小屋已經完全孤立了。但是米妮說，這麼一來漁夫反而覺得開心，因為沒有人可以打擾他了。

雨停了之後，姆米一家人便走到海邊到處巡視。

「好多海草喔！有這麼多海草，我就可以打造一座大院子了！」姆米媽媽興奮的說。但是當大夥兒爬上岩石之後，姆米媽媽突然停下腳步，因為她之前建好的小院子已經被海浪沖走，消失得無影無蹤。

「唉！大概是因為距離海邊太近了。」姆米媽媽有些喪氣的想：「只好再搬一些海草到高處，重新建造一座院子……」

海浪將沙灘沖成白色的半圓形，一路沖擊到停靠在石南樹叢旁的小船，拍打著船尾，讓小船生氣似的彈跳著。姆米爸爸站到海水裡，想要尋找之前辛苦打造的防波堤，但是怎麼找都找不到。海水淹到姆米爸爸的腰部，他轉過身來，大聲喊了幾句話。

「他說什麼？」姆米媽媽問。

「他說石頭都不見了。」姆米托魯回答：「被海浪沖走了。」

「真糟糕！」姆米媽媽立刻跑上濕冷的沙灘，縱身跳入海水中，以表達對姆米爸爸的同情。在這種情況下，行動更勝過口頭上的安慰。

姆米媽媽和姆米爸爸兩人並肩站在海水中，海水越變越冷。姆米媽媽心想：「為什麼姆米爸爸的大海如此不親切？」

「來吧！我們上岸去吧！」姆米爸爸沮喪的說：「那些石頭可能沒有我想像得穩固吧。」

於是他們將防波堤的事拋到腦後，經過小船，回到白楊樹叢旁。姆米爸爸停下腳步，他說：「要在這裡開一條路可能不容易。我試過，可是石頭太大了。如果能夠開路，以前的燈塔管理員早就建好了。還有碼頭也是。」

「或許我們不應該改變太多島上的東西。」姆米媽媽說：「讓它繼續維持原狀吧！如果我們還在姆米谷，要完成這些計畫一定相當簡單……但是無論如何，我一定要在高一點的地方重新打造一座院子。」

姆米爸爸沒有答腔。

「另外，燈塔裡面也有很多事情要忙呢！」姆米媽媽又接著說：「例如我們還需要一些小櫥櫃，以及漂亮的家具，不是嗎？還有那道危險的樓梯也該修一修……屋頂也是……」

「我才不想修理東西呢！」姆米爸爸的心裡想著：「我也不想去撿海草……我只想做一個又大又堅固的東西。我真的好想做出這種東西喔……但是我不知道……當父親真不容易！」

姆米爸爸和姆米媽媽一起走回燈塔，姆米托魯看著他們垂著尾巴的背影消失在斜坡上。

姆米托魯在燈塔坐落的岩石上方看見一道七色彩虹，但是並不完整。當注視著彩虹時，他發現它的顏色正逐漸淡去。姆米托魯突然覺得自己必須在彩虹消失之前跑到樹叢中央的空地，於是他飛快的跑向樹叢，趴下身子鑽了進去。

那塊空地終於變成姆米托魯一個人的祕密小窩了。即使是陰雨天，空地看起來還是一樣美麗。姆米托魯看見樹枝之間有一張蜘蛛網，銀色的蜘蛛網上閃爍著晶瑩的水滴。儘管樹叢外面颳著大風，空地卻安安靜靜的，而且今天連一隻螞蟻都沒有。

「螞蟻一定是躲雨去了。」姆米托魯心想。他不耐煩的雙手挖開草地，卻突然聞到一股煤油味。他看見土裡有一大群螞蟻，牠們全都死光了。眼前的畫面令人感到害怕，就像是發生一場大屠殺，沒有一隻螞蟻倖存。螞蟻的屍體全都浸泡在煤油裡。

姆米托魯站起身子，頓時恍然大悟。「這全是我的錯！我早就應該知道，米妮根本不可能規勸螞蟻離開！她做事一向非常衝動，要不然就什麼都不做。我現在應該怎麼辦才好？我現在應該怎麼辦才好？」

姆米托魯坐在這片完全、永遠屬於他的空地上，輕輕搖擺著身體，聞著瀰漫在空氣中的煤油味。就連他走在返回燈塔的路上，彷彿還能聞到那種氣味。姆米托魯覺得自己一輩子都擺脫不了那種味道了。

＊

「螞蟻就像蚊子一樣討人厭。」米妮說：「所以除掉螞蟻是一件好事！再怎麼說，你根本也明白我會對螞蟻做什麼事！你只是不希望我告訴你真相。你真是一個自欺欺人的傢伙！」

姆米托魯完全無法反駁。

當天晚上，米妮看見姆米托魯偷偷摸摸穿過石南樹叢，自以為沒有人發現。米妮想當然的偷偷跟在他身後，她看見姆米托魯在樅樹林外撒了一些糖，之後就帶著空罐子消失在樹叢裡。

「哈哈！」米妮心想：「他以為這麼做能夠減少良心的苛責。我可以告訴他螞蟻不吃糖，而且濕地也會讓糖融化。再說，那些沒被我解決的螞蟻，也不住在那片空地上，與整件事情無關，姆米托魯根本不需要慰問牠們。但我已經懶得再插手管這件事了！」

*

過了兩天，姆米媽媽和姆米爸爸還在忙著除去魚網上的海草，什麼事都沒做。

*

雨又開始下了起來，天花板上的潮濕污漬越變越大。原本水滴掉進小鍋子時會發出「答、答、答」的聲音，後來水滴變大了，姆米媽媽改用大鍋子接水，聲音也變成了「噗通、噗通、噗通」。姆米爸爸坐在燈塔頂樓，眼睛注視著那扇破掉的窗戶，心情非常糟糕。他越是看著那扇窗子，內心就越是煩躁，腦袋瓜也變得越空洞。應該從外面釘上釘子呢？還是從裡面用麻布黏貼呢？第二種做法是姆米媽媽建議的。

姆米爸爸越想越疲倦，最後乾脆躺在地上休息。綠色的玻璃呈現出一種美麗的翠綠色光澤，讓姆米爸爸的情緒慢慢恢復平靜。過了一會兒，他突然想到一個點子，一個他自己想出來的點子。「如果我把麻布剪成像腰帶的長條狀，在上面塗滿膠水，再敲碎綠色的玻璃，黏貼在腰帶上，看起來就會像是鑲滿了綠寶石……」姆米爸爸開心的坐直身子，「哇！這真是非常有趣的點子！」

「我還可以趁著膠水還沒乾時，在綠色的碎玻璃之間撒上白色的沙粒。」姆米爸爸繼續盤算，「不，或許米粒的效果會更好。沒錯，我應該用白色的米粒，上千顆米粒，這樣看起來一定很像珍珠。」

姆米爸爸站起來，拿了一根鐵槌準備敲碎玻璃。他先小心翼翼的從窗框抽出玻璃，再放在地板敲成小碎片。姆米爸爸拿起一把玻璃碎片，耐心的將它們敲出漂亮的形狀。

*

到了下午，姆米爸爸才打開頂樓的活板門下樓來。他已經完成了綠寶石腰帶。

「我自己先試戴過這條腰帶。」姆米爸爸對姆米媽媽說：「又裁掉了一大截，現在正好符合妳的尺寸。」

姆米媽媽將腰帶從頭頂上套入，腰帶一路滑到她的腰際。

「我真不敢相信這是真的！」姆米媽媽表示：「這是我收過最漂亮的禮物！」

姆米媽媽太開心了，她突然間變得相當嚴肅。

「剛才我們都不明白為什麼爸爸要白米！」姆米托魯大聲說：「我們還以為爸爸要拿來塞窗戶的縫隙呢！因為白米潮濕之後體積會膨脹……」

「這條腰帶真漂亮！」就連米妮也不情願的表達讚美：「真是美得難以置信。」她將接水滴的鍋子移到另一個位置，於是雨水滴下來的聲音不再是「答、答、答」，也不是「噗通、噗通、噗通」，而是「啪啦、啪啦、啪啦」。之後她又補了一句：「呃，這下子我們恐怕沒有米布丁可以吃了！」

「都怪我的腰太粗了。」姆米媽媽自責的說：「但我們可以改吃燕麥粥！」

一聽見燕麥粥，大夥兒都不發一語。姆米爸爸聽著從天花板落下的雨滴聲，旋律從原本的兩種音調變成了三種音調，感覺像是特別為姆米爸爸所譜寫的曲子，但是姆米爸爸一點也不喜歡。

「親愛的，如果要我選擇寶石或者米布丁……」姆米媽媽的話還沒說完，就被姆米爸爸打斷了。他反問姆米媽媽：「我們目前吃掉了多少食物？」

「很多。」姆米媽媽焦慮的回答：「對了，你知道在海邊的空氣……」

「還剩下哪些食物？」姆米爸爸又追問。

姆米媽媽含糊的做了個手勢，暗示著除了燕麥粥之外，已經所剩無幾。但是姆米媽媽覺得這不是什麼嚴重的事。

在這種情況下，姆米爸爸只能做一件事，他拿下掛在牆上的釣竿，戴上燈塔管理員的帽子，以自豪的神情靜靜挑出一個最漂亮的魚餌。

「我要去釣魚了。」姆米爸爸平靜的說：「現在正是狗魚的盛產期。」

*

東北風已經停了，但是海浪依舊很大。天空下著濛濛細雨，石頭與大海都呈現出一種空洞又寂寥的灰色。

姆米爸爸在黑池旁垂釣了一個小時左右，可惜連一條魚都沒上鉤。「在釣到狗魚之前，實在不應該誇口說大話。」姆米爸爸心想。

就像大多數父親一樣，姆米爸爸很喜歡釣魚。姆米爸爸的釣竿是幾年前收到的生日禮物，是非常高級的釣竿。有時候，掛在牆上的釣竿會顯露出一絲憂鬱，彷彿提醒著他：釣竿是用來釣魚的，不是用來掛在牆上的。

姆米爸爸站著注視黑色的池水，池水也像大眼睛似的回瞪著他。他收起釣魚線，將菸斗放進帽子裡，走到小島的下風處。

「那裡說不定會有狗魚，或許是小一點的，但只要能讓我帶幾條魚回去就好了！」姆米爸爸心想。

他看見漁夫坐在船上，在岸邊垂釣。

「請問這裡是釣魚的好地方嗎？」姆米爸爸問漁夫。

「不是。」漁夫回答。

姆米爸爸坐在岩石上，想要找點話題和漁夫聊天。他從來沒遇過這麼難以親近的人，無論聊些什麼，場面最後都會變得既愚蠢又尷尬。

「我猜你冬天時應該很寂寞吧？」姆米爸爸又試著開口，漁夫還是沒有回應。姆米爸爸只得再試一次。

「當然，這座島上以前應該有兩個人吧？那個燈塔管理員是個什麼樣的人呢？」

漁夫口中念念有詞，好像有點坐立不安，不斷的挪動屁股。

「他是個健談的人嗎？經常聊到自己的事嗎？」

「每個人都喜歡聊自己的事情。」漁夫突然開口回答：「大家一直說自己的事。他也一天到晚提到他的事，但或許我沒有好好聽他說，我全都不記得了。」

「他為什麼要離開這座小島？」姆米爸爸問：「燈塔的燈是他離開之前就熄滅了嗎？還是在他離開後才熄滅的？」

漁夫聳聳肩，收起釣魚線。他的魚鉤上什麼魚都沒有。「我全都不記得了。」漁夫說。

姆米爸爸有點失望，他又繼續問漁夫：「燈塔管理員每天都做些什麼事？他有沒有忙著打造什麼東西？或是撒網捕魚？」

漁夫以優雅的動作緩緩拋出釣魚線，水面上出現圓形的水波紋，靜靜的往外擴散。他沒有理會姆米爸爸的問題，專心注視著大海。

姆米爸爸起身走開。他覺得很生氣，同時卻也鬆了一口氣。姆米爸爸走到旁邊某處，將釣魚線拋向遠方。一般紳士在釣魚的時候，都會刻意與其他釣客保持距離，但是姆米爸爸完全不在乎自己是否遵守這項禮儀。他馬上就釣到了一條魚。

他釣起一條大約一磅重的鱸魚，忍不住開心大叫。姆米爸爸故意把水花潑得到處都是，任憑被釣上岸的鱸魚在石頭上不停翻跳。他想要激怒漁夫，然而穿著一身灰的漁夫根本無動於衷。

「這條狗魚大概重達五磅吧？」姆米爸爸將鱸魚藏在身後，大聲的說：「如果用煙燻的方式來料理，可能挺麻煩的。」

儘管如此，漁夫還是沒有任何反應。

「那個傢伙活該！」姆米爸爸低聲的自言自語：「想想看，燈塔管理員不停說著自己的事，那個像蝦子似的小傢伙卻充耳不聞，實在很過分！」姆米爸爸帶著鱸魚回到燈塔。

米妮坐在階梯上，哼唱著旋律單調的雨天之歌。

「晚安！」姆米爸爸對米妮說：「我剛才發了脾氣！」

「很好！」米妮大表贊同：「看來你找到某個讓你宣泄怒氣的對象了。你現在心情應該好多了吧？」

姆米爸爸把鱸魚丟在燈塔大門前的階梯上，問道：「姆米媽媽呢？」

「她忙著打理院子啊！」米妮回答：「我會交給她這條魚。」

姆米爸爸點點頭，接著就往小島的西端走去。「我要在那個傢伙面前釣光所有魚，一條都不剩！我會讓大家看看我的厲害……」

*

魚網一直晾在燈塔的階梯下，大家都遺忘了它。姆米媽媽後來也沒再提到小櫥櫃和家具。天花板漏水的污痕面積因為下雨而變得越來越大，通往頂樓的活板門一直保持關閉的狀態。

除了釣魚之外，姆米爸爸對其他事都失去了興趣。他每天帶著釣竿出門，到了吃飯時間才回家。他總是一大早就出門，不許任何人跟著。後來他已經不想挑釁漁夫了，嘲笑那個身材嬌小又不會生氣的人，一點都不好玩。姆米爸爸心裡只剩下一個想法，那就是確保一家人的糧食不致短缺。每次只要姆米爸爸有任何漁獲，就會放在燈塔大門前的階梯上。

如果姆米爸爸釣到的魚夠大，就會拿到海邊燻烤。在海風吹拂下，姆米爸爸坐在火堆前，將柴火一根一根的添加進去，以確保火勢持續燃燒。他用沙子和石頭小心圍起火堆，蒐集杜松的嫩枝與赤楊樹的樹皮來燃燒，這才是正確的烤魚方式。其餘的時間，大夥兒都看不到姆米爸爸的蹤影。

接近晚上的時候，姆米爸爸就會改去黑池釣魚，可惜那裡一條魚也釣不到。

晚上大家一起喝茶時，姆米爸爸只會聊些與釣魚有關的事。他不再自吹自擂，但是只要一開口就滔滔不絕說個不停。姆米媽媽有點尷尬又驚訝的聆聽著，不過她什麼釣魚的技巧都沒學到。

「姆米爸爸不是鬧著玩的，他對釣魚這件事真的相當認真。」姆米媽媽心想：「家裡的罐子和各種容器裡都裝滿了用鹽醃漬好的魚，但姆米爸爸還是一直釣個不停。有充足的食物固然是好事，但是存糧太多也很令人頭痛。我猜姆米爸爸一定是被大海激怒了，才會變成這種樣子。」

姆米媽媽每天都戴著那條綠寶石腰帶，她希望透過這樣的方式讓姆米爸爸知道她非常喜歡那條腰帶，但這條腰帶其實非常華麗，應該只在星期天配戴。另外，腰帶上的玻璃經常卡住其他東西，而且要是走路太粗魯，腰帶上的米粒就會掉滿地。

姆米媽媽的新院子已經落成了，就位在燈塔坐落的岩石的下方。這是一座閃閃發亮的圓形海草庭院，因為姆米媽媽撿不到貝殼，只好用圓形的小石頭圍在院子外面。她把從姆米谷帶來的玫瑰種在院子正中央，土壤也是從姆米谷帶來的泥土。其中一朵玫瑰已經長出花苞，但似乎猶豫著要不要綻放。當然，這種現象很正常，現在已經進入九月了。

姆米媽媽經常夢想著明年春天來臨時，院子裡可以開滿自己想要的各種花卉。她將這些花朵畫在北側的窗台上，每次坐在窗戶旁邊向外眺望大海時，就會不由自主的畫起花兒，心裡想著全然無關的事。有時候，姆米媽媽還會被自己畫出來的花朵嚇到，就像是花朵自己從窗台上長出來似的。那些姆米媽媽在不知不覺中畫出的花朵，反而更加漂亮。

由於窗外已經沒有燕子了，窗邊的座位顯得有點冷清。燕子趁著沒人注意的時候，在某個颳風下雨的日子飛去了南方。這座小島現在安靜得不太尋常，姆米媽媽早已習慣燕子在屋簷下嘰嘰喳喳的聲音，現在只有瞪著黃色眼睛的海鷗會飛過窗外，偶爾還可以聽見一些準備飛往南方的野鶴所發出的叫聲。牠們會一路飛往最南邊。

由於姆米媽媽與姆米爸爸都各懷心事，忙著思考自己的事情，所以完全沒注意到姆米托魯在做什麼。他們不知道姆米托魯的樹叢和空地，更不曾發現每晚月亮升起時，姆米托魯就會提著煤油燈到海邊去。

沒有人知道米妮在做什麼或想什麼。她大部分的時間都在跟蹤漁夫，但是她和漁夫從來不曾交談，只知道彼此的存在。對於這樣的共處方式，他們兩人都覺得很有意思，互相尊重彼此的獨立性。他們懶得了解對方，也不想讓對方留下深刻的印象，這樣的相處方式讓他們都樂在其中。

小島上的一切就是以這種模式進行著。而在某個秋天的夜裡，海馬回來了。

＊

提著煤油燈到海邊已經不再是什麼新鮮事了，姆米托魯早已習慣了莫蘭的存在。老實說，莫蘭並不危險，只不過讓人覺得很討厭罷了。姆米托魯也不知道自己為什麼要到海邊來，究竟是為了莫蘭，還是期待能夠再遇見海馬？每當月亮升起時，姆米托魯就會從睡夢中醒來，害得他不得不起床。

莫蘭總是站在距離海岸不遠的海水中，眼睛緊盯著煤油燈的動向。只要姆米托魯熄掉燈，莫蘭也會靜悄悄消失在黑暗之中，而姆米托魯也就回去休息。

但是，莫蘭每個晚上都會朝著岸邊靠近一點。這個晚上，莫蘭已經直接坐在沙灘上等待了。

姆米托魯在赤楊樹叢旁邊停下腳步，將煤油燈放在地上。他沒想到莫蘭已經打破了彼此的默契，直接跑到沙灘上來了。「莫蘭這麼做是不對的！她和這座小島一點關係也沒有，而且她對於島上的各種植物有危險性，其實她對島上的任何生物都有危險性。」姆米托魯心想。

一如往常，姆米托魯和莫蘭站著彼此相望，什麼話都沒說。但是莫蘭的目光突然從煤油燈移向姆米托魯，這可是從來沒有過的事。莫蘭的目光非常冰冷，眼神中透露出焦慮。月亮一會兒被雲層遮住，一會兒又露出臉

來，沙灘上的影子也跟著忽隱忽現。

這時，海馬突然從海岬那端奔馳而來，她們完全沒發現莫蘭。兩匹海馬在月光下彼此追逐，跳躍過水花形成的彩虹。姆米托魯注意到其中一匹海馬少了一個馬蹄鐵，她腳上只有三個馬蹄鐵。海馬身上有漂亮的花紋，看起來有點像雛菊，但是頸部與腿上的花紋比較小，也許那是睡蓮的花紋。如果真的是睡蓮，那就更充滿詩意了。海馬從煤油燈上方跨過去，將煤油燈踢倒在沙灘上。

「你的燈妨礙了我的月光！我的月光！」體型較小的海馬對著姆米托魯大喊。

「對不起！」姆米托魯連忙道歉，馬上熄掉煤油燈。

「我撿到了妳的馬蹄鐵……」姆米托魯告訴海馬。

海馬聞言後停下腳步，歪著頭等姆米托魯繼續往下說。

「……可是我送給我媽媽了。」姆米托魯接著表示。

月光被雲層遮蔽住，姆米托魯聽見海馬的蹄聲漸漸靠近他，他還聽見海馬的笑聲。

「妳聽見他說的話了嗎？妳聽見了嗎？」兩匹海馬笑著問對方：「他說他送給他媽媽了！送給媽媽了！送給媽媽了！」

海馬朝著姆米托魯奔來，停在他身旁。海馬的馬鬃拂過姆米托魯的臉，感覺有如絲綢。

「我可以還給妳們。我現在就回去拿！」姆米托魯對黑暗中的海馬說。月亮又從雲層中露出臉來。姆米托魯看見兩匹海馬肩並著肩奔向大海，鬃毛在她們的身後飄飛。兩匹海馬長得一模一樣，其中一匹在遠處回頭看了姆米托魯一眼，喊了一聲：「改天晚上再說吧……」

姆米托魯坐在沙灘上。他沒想到海馬會對他說話，還與他約定改天再見。如果不是多雲的夜晚，月亮應該都會露臉。下次姆米托魯一定會記住，不要再提著煤油燈到海邊來。

這時姆米托魯突然覺得尾巴冷冰冰的，仔細一瞧，才發現周圍的沙地都結冰了。他坐著的地方，正巧是莫蘭坐過的位置。

*

第二天晚上，姆米托魯又來到海邊，但是他沒有提煤油燈。月亮已經不再是滿月，姆米托魯心裡有種感覺，他知道海馬不久之後就會去別的地方嬉戲了。

姆米托魯身上帶著馬蹄鐵。從姆米媽媽那裡要回來並不是件容易的事，姆米托魯羞紅了臉，結結巴巴的向姆米媽媽開口。但是姆米媽媽並沒有追問原因，直接從牆上拿下馬蹄鐵，交到姆米托魯的手上。

「我已經擦拭過它了。」姆米媽媽表示：「你看，擦過以後變得這麼亮！」

除此之外，姆米媽媽就沒再多說什麼。她的語調也和平常一樣。

姆米托魯小聲的對姆米媽媽說：「我一定會再補送其他禮物給媽媽。」然後才夾著尾巴走出去。他沒有辦法向姆米媽媽解釋海馬的事情，他說不出口。「如果能找到幾個貝殼的話，就可以改送貝殼，媽媽喜歡貝殼的程度應該更勝於馬蹄鐵。」姆米托魯心想：「對海馬而言，從海底帶幾個最大而且最漂亮的貝殼上來，應該不是什麼難事。當然，前提是海馬得在乎別人媽媽的感受。」不過，姆米托魯覺得自己還是不要向海馬提出這種請求比較恰當。

海馬沒有出現。

月亮已經西沉，海馬還是沒有現身。當然，海馬只說了「改天晚上」而不是「明天晚上」。改天晚上可能是任何一個晚上。姆米托魯坐在沙灘上撥弄沙粒，整個人越來越睏。

不意外的，莫蘭出現了！莫蘭就像噩夢般出現在冰冷的霧氣中，慢慢從海水中走到岸上。

姆米托魯心中突然有一股難以壓抑的怒氣。

他退到赤楊樹叢旁，放聲大喊：「我沒有帶煤油燈來！我不會再為妳點燈了！妳不應該到這裡來，這座小島是我爸爸的！」姆米托魯往後退，先一步步遠離莫蘭，才轉身跑開。周圍的白楊樹害怕得不停發抖，宛如暴風雨即將來臨。白楊樹已經知道莫蘭登上小島了。

當姆米托魯回到床上時，依稀還可以聽見莫蘭的哭聲，她的哭聲聽起來比以往更加接近。「希望她不要跑到燈塔裡面來！」姆米托魯心想：「希望大家都不知道莫蘭也來到這座小島了。她哭泣的聲音就像是霧中的號角聲一樣響亮啊……我知道他們一定會笑我是個笨蛋，我最討厭他們這樣嘲笑我了！」

*

米妮躺在樹叢旁邊低垂的樹枝下聆聽著姆米托魯的動靜。她將青苔緊緊覆蓋在身上，若有所思的吹著口哨。「我看姆米托魯那傢伙又有大麻煩了。誰叫他要和莫蘭糾纏不清，還想像自己可以與海馬交朋友！」

米妮突然想起了紅螞蟻那件事，忍不住發自內心的哈哈大笑起來。

第五章

濃霧

老實說，姆米媽媽並沒有說什麼過分的話，也沒有提及可能刺激姆米爸爸的事，但姆米爸爸還是生氣了。至於她究竟說了些什麼，姆米爸爸根本也想不起來，好像是說家裡的魚已經相當足夠了。

整件事情一開始，是因為姆米媽媽沒有好好稱讚姆米爸爸的狗魚。雖然他們沒有帶磅秤來小島，但是那條狗魚明顯超過六磅重，起碼也有五磅。姆米爸爸為了餵飽家人一直釣魚，在一連串的鱸魚之後，當他終於釣到狗魚時，當然欣喜若狂。沒想到，姆米媽媽卻說家裡的魚已經夠多了。

姆米媽媽和平常一樣，坐在窗邊畫著花朵，窗台上已經滿是她畫的花。姆米媽媽當時並沒有特別對誰說話，只是隨口表示她不知道該如何處理這麼多魚；也可能她說的是「家裡已經沒有罐子可以醃魚了」；或者她是說「大夥兒可以改吃燕麥粥換換口味」。總之大概是這樣的話。

姆米爸爸將釣竿掛回牆上，轉身出去散步。他沿著海邊走，但是沒有靠近漁夫居住的海岬。

這是個多雲而平靜的日子。東風停止吹拂之後，海面上只有小小的波浪，小到幾乎看不見。大海和天空都灰濛濛的，看起來有如絲綢一般。幾隻鴨子低低飛過海面，牠們的速度很快，顯然還有很多事要忙。姆米爸爸一腳踩在石頭上，一腳踩在水裡，尾巴在海水中拖曳著。他將燈塔管理員的帽子壓得低低的，垂在他的鼻尖上。姆米爸爸不知道這裡會不會有暴風雨——一場真正的暴風雨。如果暴風雨來了，他得趕緊搶救各種東西，保護家人不被大海沖走。他還必須爬到燈塔上頭偵測風力……再從閣樓下來安撫家人，告訴他們：「風力已經強達十三級，請大家務必冷靜，但是不必擔心……」

米妮正在抓棘魚。

「你今天為什麼不釣魚？」她問姆米爸爸。

「我已經放棄釣魚了！」姆米爸爸回答。

「這麼一來，你也輕鬆多了！」米妮表示：「但過一陣子之後，你就會覺得無聊了。」

「妳說得沒錯。」姆米爸爸聞言後有點驚訝，「這樣一來確實很無聊，我怎麼自己沒發現呢？」

姆米爸爸走到燈塔管理員的小岩棚，坐下來靜靜思考。他想：「我得做一些與眾不同的事，或是新鮮的事！我得做一些了不起的大事！」

然而，他不知道自己究竟應該做什麼。他感到相當困惑，腦子裡一片混亂。他想起一件往事：很久以前，賈夫西夫人的女兒突然抽走他腳下的地毯，現在的感覺就和當時一樣。明明椅子就在旁邊，自己卻騰空飄浮著，好像被誰擺了一道。

姆米爸爸坐在岩棚上，看著灰色絲綢般的大海，但是大海好像不肯變出一場暴風雨，讓姆米爸爸心中那股被愚弄的感覺越來越強烈。「等著瞧！」姆米爸爸自言自語：「我一定會找出來！我會追查到底……」不過姆米爸爸自己也搞不清楚，他究竟要查清楚大海的事、小島的事，還是黑池的事？或許是燈塔的事，也可能是燈塔管理員的事？無論如何，姆米爸爸帶著威嚇的語氣說出這句話。他甩甩充滿困惑的腦袋瓜，走到黑池邊坐下。他托著鼻子，繼續陷入思考。海浪不斷越過岩石流進池子裡，消失在有如鏡面的黑色池水中。

「幾百年來，這個地方一直不斷遭暴風雨侵襲沖刷。」姆米爸爸心想：「軟木浮標、樹皮碎片、小型木棍之類的雜物沖進池子裡，然後又沖出去，就這樣一直不斷的重複……直到有一天……」姆米爸爸猛然抬起頭，他突然有個非常奇妙的念頭。

「想想看，或許曾有一艘遭遇海難的大船沖進這池子裡，永遠長眠於池底！」

姆米爸爸站起身來。「說不定船裡有裝滿寶物的箱子、走私的威士忌，或是海盜的骨骸！各種東西應有盡有！」姆米爸爸心想：「這座黑池裡也許充滿了不可思議的玩意兒！」

姆米爸爸開心得不得了，整個人精神百倍。他的身體彷彿釋放出某種能量，像是彈簧小人從嚇人箱裡彈跳出來。他匆匆忙忙跑回燈塔，快步爬上樓梯，一推開房門就大喊：「我想到一個好點子了！」

「什麼好點子？」站在壁爐旁的姆米媽媽問：「你的點子真的很棒嗎？」

「當然是非常棒的點子！」姆米爸爸回答：「這個點子棒透了！過來坐到我身邊，讓我告訴妳。」

姆米媽媽坐在木箱上，聽姆米爸爸敘述他想到的主意。姆米爸爸說完之後，姆米媽媽說：「哇！這真是太棒了！只有你能想到這麼了不起的事！黑池裡或許真的藏有寶藏！」

「沒錯！」姆米爸爸說：「黑池裡可能藏著各種東西！」他忍不住與姆米媽媽相視而笑。「你打算什麼時候去探險？」姆米媽媽問。

「當然是現在就出發！」姆米爸爸說：「我要徹底搜尋黑池一遍！但是我必須先測量它到底有多深。我們要設法將小船拖到池邊。妳知道，如果我拖小船上斜坡，小船可能會往下滑。但是把小船划到黑池正中央是非常重要的任務，最棒的東西顯然就在池底的正中央。」

「需不需要我幫忙？」姆米媽媽問道。

「不，不需要。」姆米爸爸表示：「這是我自己該做的事。首先我得找到鉛錘線來測量黑池的深度……」他立刻爬上梯子，打開活板門進入頂樓，再爬進位於更高處的陰暗閣樓。過了一會兒，他拿著一條繩子回到房內，問姆米媽媽：「有沒有什麼東西可以充當鉛錘？」姆米媽媽跑到爐子旁，將熨斗遞給姆米爸爸。

「謝謝！」姆米爸爸道謝之後就出門去了。姆米媽媽聽見姆米爸爸雀躍飛奔下樓的聲音，四周又恢復成原本的寧靜。

姆米媽媽坐到餐桌旁，忍不住笑了出來。「這真是太好了。」她說：「總算可以鬆一口氣了。」

*

姆米托魯躺在空地上，望著上方不停搖晃的白樺樹樹枝。白樺樹的葉子變黃了，看起來比往常更美麗。

姆米托魯替自己的新家打造了三個出入口：前門、後門，還有一個可供他逃生的緊急出入口。他耐心的用樹枝編織出一面綠色牆壁，憑著自己的力量將這塊空地整頓成完全屬於他的天地。

姆米托魯不再想起那些螞蟻，反正牠們已經與他腳下的泥土合而為一。煤油的味道也隨風散去，原本枯萎的花朵會再度盛開。姆米托魯想像著，樹叢外有上千隻紅螞蟻正品嘗著砂糖，一切都非常順利。

不，並不順利。姆米托魯想起了那兩匹海馬。他彷彿變成了另外一個人，腦子裡有了不同的想法。他變得喜歡獨處，在幻想世界裡玩要有趣多了。他想像自己與海馬變成了好朋友，他的想像畫面中還有美麗的月光以及莫蘭的身影。姆米托魯知道莫蘭一直坐在海邊某處，在夜裡發出低吼。但是姆米托魯一點都不在乎。或者他以為自己不在乎。

姆米托魯替海馬準備了許多禮物，包括美麗的圓形小石頭、被大海沖刷成像寶石般動人的玻璃碎片，以及從燈塔管理員抽屜中找到的小砝碼等。姆米托魯想像著海馬收到禮物時會說些什麼，他也準備了一些睿智又充滿詩意的話語要告訴海馬。

姆米托魯耐心等候著月亮升起。

*

姆米媽媽早就整理好從姆米谷帶來的所有東西，也不需要經常打掃。不只是因為小島上沒有什麼灰塵，人也不應該太執著於整理環境。如果煮飯不是那麼麻煩的事，一切就更簡單了。姆米媽媽覺得每天都過得異常漫長。

她不喜歡玩拼圖遊戲，這會讓她覺得自己總是孤單一人。

有一天，姆米媽媽開始蒐集木柴。她撿起所有她找到的小樹枝，直到沙灘不再有任何海浪沖刷上來的東西。不久，姆米媽媽已經蒐集了一大堆木頭和木板。蒐集木柴的好處就是能夠順便整理小島，姆米媽媽覺得，或許這座小島也能變得像她的院子一樣，乾淨又漂亮。

姆米媽媽獨自將撿來的木柴搬到燈塔的下風處。她選好地點，做了一個鋸木頭的平台。雖然平台有點斜，但只要用腳頂住右側就能正常使用。

天氣溫暖的陰天，姆米媽媽就待在這裡鋸木頭。

她會先細心丈量，將木頭鋸成相同的長度，再整整齊齊的疊在身邊，圍成半圓形。姆米媽媽身邊的木柴越堆越高，不知不覺中，她彷彿隱身在獨處的空間裡鋸木頭，這讓她充滿安全感。姆米媽媽把鋸好的木柴放在壁爐旁，但是她沒有劈開那些體積很大的圓木，因為她向來不擅長使用斧頭。

姆米媽媽堆放木頭的地方，旁邊長出了一棵山梨樹，姆米媽媽很喜歡這棵樹。它結滿了紅色的果實，以一棵小樹而言，果實數量非常多。姆米媽媽把最好的木柴都堆放在這棵樹下。姆米媽媽很懂樹木，每一種樹木的氣味與觸感都不同，她可以清楚分辨出橡樹和楹樹，也知道哪棵是膠樅樹、哪棵是奧瑞岡松樹，哪棵又是桃花心木。姆米媽媽之所以懂得這麼多，是因為她以前經常四處旅行，見識過許多不同的樹木。

「這是楹樹，那是紫檀。」姆米媽媽自言自語，心裡覺得相當滿足，又繼續鋸木頭。

姆米家其他的成員已經習慣了姆米媽媽鋸木頭的行為。她總是一個人躲在木柴堆裡鋸木頭，大夥兒見到她的機會越來越少。一開始，姆米爸爸不太高興，他想要自己蒐集木柴，但是姆米媽媽生氣的對他說：「這是我的工作！我也想要找點事情做！」她說完之後又繼續鋸木頭，每天早上都會在小島四處撿拾新鮮的木柴。

某個灰色平靜的早晨，姆米媽媽在沙灘上發現了一個貝殼。那是一個相當大的海螺，內部是粉紅色，外觀是帶有深色斑點的淺棕色。

姆米媽媽又驚又喜。貝殼是在距離海邊較遠較高的地方找到的，但是過去一個星期的時間，潮水都不曾漲得那麼高。在發現海螺的不遠處，姆米媽媽還找到了可以擺放在院子外的白色貝殼。事實上，那裡的沙灘上散落著大大小小的貝殼。最令人不可思議的是，其中一個貝殼上還有紅色的小字寫著：「來自大海的禮物」。

姆米媽媽感到驚喜萬分，將所有貝殼都放進圍裙裡，跑到正在打撈黑池的姆米爸爸身旁。

姆米爸爸坐在船邊窺探著黑池，從懸崖往下看，姆米爸爸變得非常渺小。小船停在池面上，船槳則插在池中。

「你過來看一下！」姆米媽媽朝著姆米爸爸大喊。

於是姆米爸爸將小船划到池邊。

「你看！我找到貝殼了！」姆米媽媽說：「我在比沙灘高的地方發現的，但是昨天那裡明明沒有這些貝殼！」

「這可真是奇怪！」姆米爸爸回答，用岩石敲落菸斗裡的灰，「這就是大海神祕的地方！有時候，我一想到大海神祕的行事作風，就被它深深吸引。妳說這些貝殼是在沙灘上較高的地方找到的，而且昨天並不在那兒，呃，我想這就表示大海可以在幾個小時內漲潮到一公尺高，又隨即退潮。在遙遠南方常見的潮汐，我們這裡看不到。真是太有趣了！真的非常有趣！而且貝殼上面還寫著一些字……嗯，這隱含著更多可能性！」姆米爸爸一臉正經的看著姆米媽媽，「妳知道，我必須好好研究一下，說不定我還想寫一本與大海有關的書，闡述各種與大海相關的事，我是說真正的大海。我必須盡全力研究大海，建造碼頭、鋪設小徑、海邊釣魚之類的瑣事，就留給那些眼界狹隘的傢伙去做吧！反正他們也不關心真正重要的大事。」姆米爸爸以嚴肅的語氣重述了一次：「真正重要的大事。」這句話聽起來令人印象深刻。他又接著說：「多虧了黑池，才讓我開始有這個想法。」

「黑池很深嗎？」姆米媽媽睜大眼睛問。

「沒錯，很深。」姆米爸爸回答：「鉛錘線幾乎碰不到池底。我昨天打撈到這個金屬罐，證明我的理論是正確的。」

姆米媽媽點點頭。過了一會兒，她又說：「那麼，或許我應該把這些貝殼放在院子裡了。」

姆米爸爸沒答腔，他正陷入深深的思考。

這個時候，姆米托魯正在姆米媽媽的壁爐裡燃燒那個曾經鑲著貝殼的木箱。箱子上面的貝殼都卸了下來，木箱已經沒有保存價值。那個木箱是姆米托魯在書桌最下方的抽屜裡找到的，抽屜裡存放的物品都是燈塔管理員留下來的私人用品，所以姆米媽媽沒有動過它們。

✶

姆米爸爸從黑池裡打撈上來的金屬罐不但生鏽，還破了個洞。這個金屬罐大概只裝過松節油或燈油，而不是用來存放什麼有趣的東西。無論如何，它就是證據，顯示黑池是大海藏匿東西的地方。大海在黑池裡藏了許多神祕的物品！姆米爸爸深信，池底一定有許多神祕的東西等他去探索，只要全部打撈上來，他就可以了解大海，揭開所有的謎底！姆米爸爸認為自己可以藉此與小島和睦相處。

於是，姆米爸爸以堅定的決心繼續搜索黑池。他一次次的放下鉛錘線，將池子中央命名為「無底深淵」，並喃喃自語的念著這四個字，彷彿有一種魔力，隱隱刺激著他的

脊椎。

鉛錘線在大部分的時候都測到不同的深度。有時候，無論他放下多長的鉛錘線都碰不到池底。船上有一堆亂七八糟的繩線，例如晒衣繩、釣魚線、錨纜，以及姆米爸爸所能找到的各種繩子。雖然用途都不相同，但反正繩線的功能就是如此。

姆米爸爸提出一個理論：他認為黑池直通地球的核心，可能是死火山的噴火口。姆米爸爸在頂樓找到一本老舊的記事本，便在本子裡寫下他的理論。記事本的前幾頁有燈塔管理員的字跡，燈塔管理員的字很小，字與字之間的間隔很大，彷彿蜘蛛爬滿紙上。

「天秤座位於上升星座，月亮進入第七宮。」姆米爸爸閱讀記事本的內容：「土星和火星照會。」姆米爸爸覺得或許曾經有人來到這座小島，拜訪了燈塔管理員。這種想法讓他感到相當開心。記事本裡還有許多姆

米爸爸看不懂的數據。姆米爸爸將本子翻到背面，決定從後面開始寫起。大部分的時間，姆米爸爸只是繪製著黑池的平面圖，有些是局部圖示，有些則是鳥瞰圖，他全心投入在透視圖的複雜計算和說明中。

姆米爸爸不再多聊他的調查，也停止打撈池底的工作。相反的，他總是獨自坐在燈塔管理員的岩棚上沉思，偶爾將黑池或大海的相關事項寫在記事本裡。

他在記事本上寫下：「潮汐真是奇怪美妙，但是從來沒有人注意過」，以及「海浪的變化總讓我們大吃一驚」。他寫完會放下記事本，再度陷入沉思。

霧氣悄悄接近小島，但是大夥兒都沒發現濃霧從海面瀰漫而來。不到一會兒的時間，整座小島已經籠罩在淺灰色的霧氣中，燈塔管理員的岩棚也宛如飄浮在朦朧的半空中。

姆米爸爸喜歡身處濃霧中的感覺。他小睡了一會兒，直到被海鷗的叫聲吵醒。他攀上斷崖，在小島上隨意亂逛。他邊走邊思考著潮汐、海風、細雨和暴風雨的成因，還想著無人可及的海底洞穴。

姆米媽媽看著姆米爸爸在霧中忽隱忽現，不時低頭陷入沉思。「他一定是在蒐集資料。」姆米媽媽心想：「起碼他是這麼說的。或許他的記事本裡又新增了不少資料！等完成這項工作之後，他就會輕鬆許多！」

姆米媽媽放了五顆太妃糖在小盤子裡，再擺在岩棚上，以慰勞姆米爸爸的辛勞。

*

姆米托魯躺在樹叢裡，盯著一處小水窪。他把馬蹄鐵放進清澈的褐色水窪中，看著馬蹄鐵從銀色變成金色。水面上映著樹枝與小草的倒影，樹枝在濃霧中依然清晰，就連在樹枝上爬動的小蟲，姆米托魯也看得一清二楚。

姆米托魯有股衝動，他想告訴別人海馬的事，只要說出海馬的長相就好了，或者隨便聊些關於海馬的傳聞也可以。

樹枝上有兩隻小蟲，姆米托魯輕輕碰了一下水面，兩隻小蟲在水面上的倒影就消失不見了。他站起身子了，往樹叢外走去。樹叢外面的青苔上有一條踏出來的小路。

「那裡一定就是米妮住的地方。」姆米托魯心想。他聽見樹叢裡傳出細微的聲音，米妮肯定就在裡面。

姆米托魯往前走了一步，他想將祕密告訴別人的危險欲望，此刻就像硬塊一樣卡在喉嚨裡。他彎下身子鑽進樹叢，看見米妮像顆小球似的坐在前方。

「原來妳在這裡啊。」姆米托魯笨拙的開口。他坐在青苔上，兩眼盯著米妮。

「你手裡拿什麼東西？」米妮問。

「沒什麼。」被搶先問了話的姆米托魯回答：「我只是路過而已。」

「噢！」米妮說。

他左顧右盼，想逃避米妮銳利的眼光。米妮的雨衣掛在小樹枝上，旁邊放著裝了梅乾和葡萄乾的碗，還有一瓶果汁……

突然間，姆米托魯跳了起來，身子往前傾看個仔細：遠處的樹枝下方有一大片針葉，但是在濃霧中，姆米托魯隱約看見幾排小小的十字架——用細繩將小木棍綁成的十字架。「我的天啊！妳做了什麼好事？」姆米托魯忍不住大喊。

「你以為我會把敵人埋在這裡嗎？」米妮樂不可支的回答：「那些是小鳥的墳墓啦！有人埋了很多小鳥。」

「妳怎麼知道是小鳥的墳墓？」姆米托魯問。
「我挖開來看過了。」米妮回答：「裡面都是小小的白骨，就像我們抵達小島那天在燈塔階梯下看到的骨骸一樣。你記得嗎？《遺忘之骨復仇記》！」
「看樣子，應該是燈塔管理員做的！」姆米托魯想了一會兒說。
米妮點點頭，她的小洋蔥頭不停晃動。
「一定是這些小鳥飛進燈塔頂樓的燈室。」姆米托魯說：「小鳥經常會亂飛……然後就死在燈室裡了。或許燈塔管理員每天早上都要收拾這些鳥兒的屍體，後來他厭煩了，決定熄掉燈，從此遠走他鄉。好可怕喔！」姆米托魯忍不住大喊。
「有什麼可怕的？都已經是那麼久以前的事了。」米妮打著哈欠說：「再說了，反正燈都熄滅了。」
姆米托魯皺著愁苦的臉，盯著米妮。

「你用不著什麼事情都覺得可憐！」米妮說：「現在請你閃開，我要睡午覺了！」

姆米托魯走出樹叢，看著手裡的馬蹄鐵。他仍然沒有說出海馬的事，因為海馬只屬於他一個人。

*

月亮沒有露臉，姆米托魯也沒有帶煤油燈，但他還是前往沙灘。姆米托魯無法克制自己，他甚至帶著銀製馬蹄鐵和要送給海馬的禮物。

眼睛習慣黑暗後，他看見一匹像童話故事裡的海馬從濃霧中奔馳而來。姆米托魯將馬蹄鐵放在沙灘上，緊張得不敢呼吸。

模糊的身影以小碎步慢慢靠近他。海馬臉上帶著一種毫不在乎的表情，將馬蹄鐵套在自己的蹄上，像是尊貴的淑女。之後她站定身子，固定好馬蹄鐵，看都不看姆米托魯一眼。

「我好喜歡妳的鬃毛！」姆米托魯溫柔的說：「我有個朋友也有非常漂亮的頭髮，或許有天她也會來這裡看妳……我想妳一定會喜歡我的朋友。」

海馬沒有說話，她對姆米托魯說的話一點興趣都沒有。

姆米托魯又開口說道：「夜晚的小島很美。這是我爸爸的島，不過我不確定我們會不會在這裡住一輩子。有時候，我覺得小島似乎不太喜歡我們，但最重要的是，我希望小島喜歡我爸爸……」

海馬根本沒有在聽姆米托魯說話。她一點都不想了解姆米家的事。

姆米托魯將打算送給海馬的禮物放在沙灘上，海馬靠近之後低頭聞了一下，什麼話都沒說。

最後，姆米托魯終於找到話題了。「妳的舞跳得真好！」他說。

「你真的這麼認為嗎？你這麼認為嗎？」海馬說：「你是不是一直在等我？是不是？你不知道我會到這裡來吧，對不對？」

「我確實在等妳啊！」姆米托魯大聲回答：「我一直、一直等，我還擔心天氣會變得很糟……我想要保護妳遠離各種危險！我有自己的住處，還掛著妳的畫像！我只掛著妳的畫像……」

海馬豎著耳朵靜靜聽著。

「妳是我這輩子所見過最美麗的動物！」姆米托魯接著說。但就在這個時候，莫蘭突然開始大聲吼叫。

莫蘭坐在濃霧裡，哀求著煤油燈。

海馬用後腳蹬了一下，轉身跑開。海馬跑走時還發出一串銀鈴般的笑聲，笑聲隨著海馬再次隱沒於大海中。

莫蘭在霧裡拖著腳步，朝著姆米托魯直直走來。姆米托魯見狀，立刻改變方向跑開。但是，莫蘭今晚並沒有在岸邊停下來，反而往陸地繼續前進。她一直跟在姆米托魯身後，穿過石南樹叢，最後來到燈塔岩石前。姆米托魯看見莫蘭龐大的灰色身影最後停在岩石前方，蹲下來等候。

姆米托魯「砰」的一聲關上燈塔大門，一股腦兒衝到樓上。沒想到事情還是發生了！莫蘭終於登上小島了！

姆米媽媽與姆米爸爸都沒有醒來，屋內一片寂靜，但是開啟的窗子卻傳來小島發出的怪聲，猶如小島正喃喃說著夢話，讓姆米托魯聽了有點不安。白楊樹的葉子不斷發出沙沙聲，遠方的海鷗也開始鳴叫。

「你睡不著嗎？」姆米媽媽突然問姆米托魯。

姆米托魯連忙關上窗戶。

「我醒來了。」他回答之後又鑽回被窩裡，他的鼻子凍僵了。

「天氣變冷了。」姆米媽媽說：「還好我鋸完木柴了。你會冷嗎？」

「不會。」姆米托魯回答。

冷冰冰的莫蘭就坐在燈塔下方。她身下的地面都結成了冰……一切又開始了。從地面竄升的寒氣讓他想躲都躲不掉。其實一點也不難想像莫蘭會如此冰冷：她從來不曾得到溫暖，也不曾受人喜愛。無論她走到哪裡，都會破壞一切。可是她根本不是故意的，所以這樣對她並不公平。但令人費解的是，為什麼莫蘭一直跟著姆米托魯呢？姆米托魯根本無法幫助她得到溫暖。

「你是不是有心事？」姆米媽媽問姆米托魯。

「沒有。」姆米托魯回答。

「明天又是美好的一天。」姆米媽媽表示：「一整天都是你的。從頭到尾都是你的。這是不是很令人感到開心呢？」

過了一會兒，姆米托魯確定姆米媽媽睡著後，便拋開所有思緒，像平常一樣跑出門夜遊。一開始，他不太確定應該先玩「冒險遊戲」還是「救難遊戲」，最後他決定玩「救難遊戲」，因為這個遊戲比較接近現實。他閉上眼睛，放空腦袋，開始想像暴風雨來襲的場面。

某個與這座小島相似的海岸，正遭受暴風雨的侵襲。大夥兒在海邊跑來跑去，焦急的搓著雙手。有人被巨浪捲走了……沒人敢去搭救。跳進海裡救人簡直是不可能的任務，無論多麼堅固的船，只要一出海就會遭巨浪打得粉碎。

姆米托魯必須出手相救。因為那個被巨浪捲走的人不是姆米媽媽，而是海馬！

「是誰在大海裡掙扎呢？穿著銀色馬蹄鐵的小海馬要與大海蛇搏鬥嗎？不！這樣太麻煩了，只要讓小海馬身陷暴風雨中就夠了。」姆米托魯心想。

天色呈現一片昏黃，是標準的暴風雨天空。姆米托魯獨自來到海邊，下定決心乘著小船出海救援……一旁觀望的人們開始大喊：「快點阻止他！快點阻止他！他辦不到的！快點攔住他！」但是姆米托魯推開人群，跳上小船航向大海，發瘋似的用力划動船槳。海上的暗礁就像一排巨大黑牙，高高聳立在波浪之間……但是姆米托魯一點也不害怕。米妮站在沙灘上大喊：「我不知道你這麼勇敢！我為以前的態度向你道歉。不過，這一切已經太遲了……」司那夫金咬著老舊的菸斗，嘴裡喃喃自語的說：「永別了！我的老朋友！」只見姆米托魯拚命划著槳，在小海馬被大海三度吞噬之前，將她拉上小船。小海馬精疲力竭，金色的鬃毛都濕透了。姆米托魯帶她回到安全的沙灘上，小海馬輕聲說：「你冒著生命危險救了我，真的是太勇敢了！」姆米托魯只淺淺一笑的說：

「我得走了，我們命中注定要分離。命運正在呼喚我，再見了！」小海馬訝異的看著轉身離去的姆米托魯說：「什麼？你要離開我了？」姆米托魯對她揮揮手，繼續往前走去。他獨自在暴風雨中翻越過岩石，身影變得越來越小……在海邊圍觀的人都相當驚嘆，紛紛竊竊私語。

姆米托魯這時進入了夢鄉，他開心的輕嘆一口氣，身體像顆球似的蜷縮在紅色毛毯下。

*

「月曆到哪裡去了？」姆米爸爸問：「我要在上面打叉叉！這很重要！」

「為什麼很重要？」從窗戶爬進來的米妮問道。

「因為我要知道今天是幾號啊！」姆米爸爸解釋：「我們忘了帶時鐘來，真是相當失策！總之，如果我不知道哪天是星期日、哪天是星期三，什麼事都做不成了！沒有人可以這樣過日子！」

米妮用鼻子吸了一口氣，再從牙縫裡吐出來。這是米妮特有的怪動作，代表：我這輩子從來沒聽過這麼愚蠢的事。

姆米爸爸知道米妮的意思，所以當姆米托魯說「事實上，我把月曆借走了」的時候，姆米爸爸感覺既開心又生氣。

「在小島上生活，這類事情非常重要。」姆米爸爸說：「尤其是在記事本裡記錄各種事項。我必須仔細觀察每個東西，任何小事都不能忽略，包括時間、風向、水位，所有的東西。你必須馬上將月曆掛回原處。」

「好啦！好啦！」姆米托魯大聲回答，一口氣喝完咖啡。他一步步跳下樓，奔向外面寒冷的秋天早晨。濃霧還沒散去，燈塔就像一根大大的柱子，上半部完全隱沒在霧氣中。這裡雖然住著姆米托魯的家人，卻沒有人理解他。他又睏又生氣，此刻完全不想去在乎莫蘭、海馬，也不願搭理姆米爸爸和姆米媽媽。

當姆米托魯走到燈塔下方的石頭邊，腦袋頓時清醒了些。他早該知道事情會變成這樣，莫蘭又跑到姆米媽媽的院子裡，然後一屁股坐下。「莫蘭是不是在院子裡坐了超過一個小時？」姆米托魯心想。他當然希望答案是否定的，不過姆米媽媽的玫瑰樹叢已經枯萎成棕色。儘管姆米托魯的良心不斷自責，不過他的憤怒與睡意突然又再度湧現。「哼！為什麼月曆那麼重要？為什麼要在月曆上畫叉？真搞不懂爸爸接下來要做什麼奇怪的事！像爸爸這種年紀的老姆米，一點都不懂得欣賞海馬，他不明白海馬的圖畫就等於美麗的圖畫，只有我明白！」姆米托魯心想。

姆米托魯走進樹叢裡，從樹枝上拿下月曆。霧氣使得月曆的紙張浮起一些皺紋。他丟掉花朵編成的框，呆坐了一會兒，腦子裡出現許多尚未定調的想法。

突然間，他想：「對了！我可以自己搬來這裡住！其他人可以住在那個有著恐怖樓梯的破舊燈塔裡，繼續過他們的生活！」

這個念頭讓他感到非常興奮，因為這實在是既危險又不可思議的嘗試。這個決定會改變一切。由於這個相當奇怪的念頭，姆米托魯突然覺得自己被一種嶄新的孤單感所圍繞。

當姆米托魯回到燈塔時，整個人都凍僵了。他將月曆掛回書桌上方的牆壁，姆米爸爸立刻在月曆上端的角落打了一個叉叉。

姆米托魯深呼吸，鼓起勇氣說：「我打算在小島上的其他地方獨自生活。」

「在燈塔外面嗎？噢，那當然。」姆米媽媽心不在焉的接話。她正坐在面對北方的窗台前畫植物，「好吧，那你就像平常一樣帶著睡袋去吧。」姆米媽媽畫了一朵忍冬花。忍冬花的葉子形狀很複雜，姆米媽媽正絞盡腦汁回想真正的花朵是什麼模樣。海邊長不出忍冬花，它們只有在風吹不到的溫暖之地才能生長。

「媽媽！」姆米托魯對於姆米媽媽若無其事的回答相當驚訝，因此說話時喉嚨有點乾澀，「我這次出門和『往常』不一樣！」

可是姆米媽媽沒聽見他說什麼，只是溫柔的鼓勵姆米托魯儘管出門，又繼續忙著在窗台上畫花。

姆米爸爸站在月曆前細數上面的叉叉。姆米爸爸不太記得某個星期五發生了什麼事，他那天可能畫了兩個叉，因為他忘了在星期四打叉。他心裡有太多事情要煩惱，已經不太清楚那天的事。「我那天到底做了什麼呢？」最近的大小事紛紛湧進姆米爸爸的腦袋裡，不停的打轉。那種感覺就像是在小島上隨意逛逛，卻發現自己一直走在海邊，到不了任何地方。

「好吧！」姆米托魯說：「那我就帶著睡袋和煤油燈出門！」

窗外飄過一陣漩渦狀的霧氣，彷彿打算從房間裡帶走什麼。

「我想添加一點藍色。」姆米媽媽自言自語。她已經順利的在窗台上畫出花，還畫到了白色牆面上。白牆上綻放出一朵大大的忍冬花。

第六章

月缺

某天晚上，在即將破曉之前，姆米媽媽突然在安靜無聲的燈塔裡醒了過來。如同風向即將改變的前夕，整座小島變得非常寧靜。

姆米媽媽躺在床上靜靜傾聽。

黑暗中，遙遠的海上微微吹起一陣新的海風。姆米媽媽知道，那陣風就像是某人走在水面上，正朝著這個方向靠近。風勢越來越大，最後終於來到島上，開啟的窗戶鉤環不停發出聲響。

姆米媽媽躺在床上，突然覺得自己很渺小。她將鼻子埋進枕頭裡，心裡想著蘋果樹。但是她腦子裡盡是洶湧的海浪淹沒整座小島的畫面。在短短一瞬間，沙灘、燈塔和所有的東西都泡在汪洋大海中。姆米媽媽眼前的一切都變成了海水，房間開始漂移。

假如小島漂走，在某天早上突然回到姆米谷的碼頭……或者，如果隨著波浪在海上漂流多年，最後從地球盡頭掉下去，像是咖啡杯從滑溜溜的托盤掉到地上……

「如果發生這種事，米妮這孩子一定會很高興。」姆米媽媽一想到這兒，就忍不住笑了起來，「不知道米妮晚上睡在哪兒？還有姆米托魯那孩子……真可惜，身為母親的我，沒有辦法像他們一樣隨意睡在外面。如果每個母親都可以隨便跑到外面過夜，那該有多好？」姆米媽媽對自己微微一笑，向遠方的姆米托魯送出一個無聲的溫暖問候。姆米托魯睜著眼睛躺在空地上時，突然感受到姆米媽媽的問候。他動動耳朵回應姆米媽媽，就像平常一樣。

月亮沒有出來，四周非常黑暗。

沒有人表示反對姆米托魯離家獨居，他不知道自己應該覺得鬆一口氣，或者感到失望。

每天晚上大家喝完茶，姆米媽媽會在餐桌上點燃兩根蠟燭，姆米托魯就提著煤油燈離開燈塔。姆米爸爸只會說些形式上的叮嚀，像是：「注意別在樹叢裡點火，睡覺前別忘了熄掉煤油燈！」

大家就只是這麼做，其實誰也不了解誰。

姆米托魯躺在地上，聽著風聲，一邊默默想著：「月亮漸漸不圓了，海馬暫時不會再回來這裡了吧？」

但和失望比起來，他反而鬆了一口氣。這麼一來，他就可以躺在空地上想像自己和海馬聊天聊得很愉快，並且盡情回憶海馬的模樣。除此之外，姆米托魯似乎也用不著生莫蘭的氣。如果莫蘭想看煤油燈，那就讓她看個過癮吧！姆米托魯告訴自己，他每晚提燈到海邊都是為了避免莫蘭靠近燈塔、破壞姆米媽媽的玫瑰花，這樣他的家人就不會發現莫蘭來到小島。他會阻止莫蘭大吼大叫。他每天提著煤油燈走到海邊，只是為了這件事。

每個夜晚，姆米托魯將煤油燈放在沙灘上，當莫蘭注視火光時，他就在燈旁打哈欠。莫蘭注視煤油燈有一定的順序。她會先看著燈光，過了一段時間才開始唱歌，或者說，發出類似唱歌的聲音。那種微弱的聲音聽起來像是閉著嘴巴哼唱，混著口哨聲，傳遞到各個角落。姆米托魯覺得莫蘭的聲音侵入了他的腦中，甚至停留在他的眼睛和肚子裡。莫蘭會邊唱歌邊搖晃笨重的身體，同時揮動看起來有如蝙蝠翅膀的黑色長裙。莫蘭就像是在跳舞！

莫蘭的心情的確非常愉快。對姆米托魯而言，莫蘭觀看煤油燈的儀式似乎也漸漸變得重要。姆米托魯認為沒有理由阻止莫蘭——無論這座小島需不需要。

但是小島似乎越來越不安。樹木不斷發出沙沙聲，不停的抖動，低垂的樹枝猛烈搖晃，就像掀起一波巨浪。沙灘邊的海草也劇烈顫動，打算連根拔起逃走。某天夜裡，姆米托魯看到一件相當可怕的事情，讓他嚇壞了。

沙灘竟然動了起來。姆米托魯清楚看見沙粒從莫蘭舞動的腳底下慢慢溜走。閃閃發亮的細沙從莫蘭的大腳滑開。莫蘭舞動時將地面凍成了冰塊。

姆米托魯見狀，匆忙拿起煤油燈逃走，從緊急出入口鑽進樹叢裡。他躲入睡袋，拉上拉鍊，試著閉上眼睛睡覺。但無論他閉得多緊，沙粒朝著大海奔逃的畫面依然清晰可見。

＊

第二天，姆米媽媽挖出四株野玫瑰。野玫瑰的樹根緊緊纏在石頭縫隙中，綠色的葉子像地毯似的攤在岩石上。

姆米媽媽認為粉紅色的玫瑰花在灰色岩石上相當好看，但或許她當初將花種在咖啡色的海草院子時沒有仔細考慮清楚。如今看來，那些種在海草裡的玫瑰似乎相當不自在。姆米媽媽抓起一把從姆米谷帶來的泥土，輕輕撒在每株玫瑰樹旁，再澆澆水。澆過花之後，她就坐在一旁休息。

這時姆米爸爸興奮的跑到她身邊，他睜大眼睛，高聲喊著：「黑池！黑池是活的！妳快點過來看！快點！」姆米爸爸大叫之後，馬上跑回池塘邊。姆米媽媽站起身子，急忙跟在他身後跑去，其實她根本沒聽懂姆米爸爸說什麼。後來事實證明，姆米爸爸說得沒錯。

黑色的池水慢慢高漲，然後又往下沉。池子會自己起起落落，彷彿發出深深的嘆息。黑池會呼吸，它是活的！

米妮突然出現，一口氣跑到石頭上。「啊！」她說：「有事情要發生了！這座小島甦醒了！我早就知道它會醒過來！」

「別說那麼幼稚的話！」姆米爸爸反駁：「小島怎麼可能會甦醒？明明大海才是活的……」他說到一半，連忙用手遮住自己的嘴巴。

「到底是怎麼回事？」姆米媽媽擔心的問。

「我也不知道。」姆米爸爸說：「我還沒仔細想清楚，只是突然有種想法，

但現在又忘了。」姆米爸爸說完，拿著記事本在石頭上走來走去，陷入深深的思考。

姆米媽媽望著黑色池水，露出不開心的表情。

「我想……今天大家就在外面野餐好了。」她說。

於是姆米媽媽回到燈塔準備食物。

當她準備好野餐的用品之後，打開窗戶開始敲鑼。她看著大夥兒急急忙忙跑回燈塔，心裡一點罪惡感都沒有，即使她知道，只有在緊急情況下才可以敲鑼。

姆米媽媽看見姆米爸爸與姆米托魯站在燈塔下方往上瞧。從她的角度往下看，他們就像兩顆大梨子。姆米媽媽雙手扶在窗台上，身體探出窗外。

「冷靜點，沒有發生火災。」她對著下面大喊：「等你們準備好，我們就出發去野餐！」

「野餐？」姆米爸爸大聲問道：「妳敲鑼只是為了野餐嗎？」

「我覺得好像有危險要發生了。」姆米媽媽大聲回答：「如果不趁現在野餐，也許會發生事情。」

於是大夥兒決定去野餐。他們花了一些力氣才將冒險號從黑池拖上岸，再逆風朝著小島西北方海域最大的礁石划去。大家全身顫抖，搖搖晃晃的登上那塊濡濕的礁石。姆米媽媽在石堆中生火，煮咖啡給大家喝。這麼多年來，姆米媽媽總是用相同的方法準備野餐：先用四塊石頭壓住餐巾布，再擺好附有蓋子的奶油碟以及大家的杯子，並將顏色鮮豔如花的毛巾鋪在石頭上。當然，姆米媽媽也帶了陽傘。咖啡煮好的時候，天空下起了毛毛雨。

姆米媽媽的心情非常好。她一會兒閒聊日常生活的瑣事，一會兒在籃子裡翻找東西，又動手做三明治。自從來到這座小島，今天是姆米媽媽頭一次帶著她的包包出門。姆米一家野餐的礁石很小，上面沒有半棵植物，甚至連海草和漂流木都看不見，眼前只有這塊突出於海面上的灰色礁石。

當大夥兒坐在礁石上喝咖啡時，頓時覺得一切變得自然又美好，他們聊了很多事情，但完全沒有提到大海與小島，也沒有說到姆米谷。

大夥兒從礁石上眺望那座有著巨大燈塔的小島。雨中的小島看起來很奇怪，像是一團遙遠又不可思議的灰影。

喝完咖啡之後，姆米媽媽用海水清洗杯子，將所有東西收回籃子。姆米爸爸走到海邊，聞了一下風的味道。「趁現在還沒起風，我們快點回家吧！」他說。無論姆米一家去什麼地方野餐，姆米爸爸最後總會說這句話。大夥兒登上小船，米妮坐在船頭，一路

順風回到燈塔。

最後，姆米一家將冒險號拉上岸。

回到島上後，他們隱約覺得小島變了模樣。雖然大家心裡都這麼認為，但是誰都沒有說出口，因為他們不清楚到底是哪裡不同了。或許只是他們離開了小島一陣子又回來，才會有這樣的感覺。大夥兒爬上燈塔，晚上就圍坐在餐桌前玩拼圖遊戲。姆米爸爸在壁爐旁邊釘了一個廚房專用的小型置物架。

＊

對姆米一家人來說，野餐應該很愉快，但是不知道什麼原因，姆米媽媽卻感到有些悲哀。當天晚上，姆米媽媽夢見自己去拜訪住在姆米谷附近小島上的溜溜。那是一座綠色的快樂小島。當她早上醒來之後，覺得相當悲傷。

吃過早餐之後，燈塔裡就只剩下姆米媽媽一個人。她靜靜坐在餐桌旁，看著畫在窗台上的忍冬花。鉛筆幾乎快用完了，剩下的鉛筆必須留給姆米爸爸在記事本上寫字。

姆米媽媽站起身來，爬到頂樓上。當她下樓時，手裡拿著褐色、藍色與綠色的染料，一罐油漆、一小塊煙煤，還有兩支老舊的畫筆。她開始在牆壁上畫出許多花朵，她的畫筆很粗，每朵花都畫得很大。油漆一下子就透進牆壁裡，顏色看起來鮮豔而清晰。「哇！這些花看起來好漂亮！這比起鋸木頭要來得有趣多了！」姆米媽媽心想。於是牆壁上出現一朵接一朵的花兒，有玫瑰花、金盞花、紫羅蘭、牡丹花……姆米媽媽也相當驚訝，她從來不知道自己可以畫得這麼好。她在地板附近畫出一些迎風搖擺的高大

綠草，本來還想畫太陽，卻因為沒有黃色的油漆而作罷。

大家回來吃午餐的時候，姆米媽媽甚至連爐火都還沒點燃。她站在木箱上，忙著描繪有著綠色眼睛的棕色蜜蜂。

「媽媽！」姆米托魯大聲呼喚。

「如何？我畫得不錯吧？」姆米媽媽問，她感到相當自豪。姆米媽媽仔細替蜜蜂畫上第二個眼睛。但是畫筆太粗了，她必須想辦法調整一下，最壞的情況就是塗掉它，改畫一隻小鳥。

「簡直栩栩如生！」姆米爸爸在一旁大喊：「這些花我都認得！這是玫瑰花！」

「這才不是玫瑰花！」姆米媽媽有點不高興的說：「是牡丹花！牡丹花就是那些種在姆米家階梯下方的紅花。」

「我可以畫刺蝟嗎？」米妮問。

姆米媽媽搖搖頭。「不行。」她說：「這面牆是我的。不過，如果妳乖一點，我可以畫一隻給妳。」

吃午餐的時候，大家都顯得非常高興。

「可不可以借我一些紅色的油漆。」姆米爸爸問姆米媽媽：「趁著海水還沒漲潮，我想在岩石上畫出最低水位的記號，我必須留意潮汐的水位。妳知道，我想要調查大海究竟是根據某種規則運作，還是隨心所欲的變化……這非常重要。」

「你是不是已經記下很多事情了？」姆米媽媽問。

「沒錯，相當多！不過，如果我以後想要寫書的話，就必須有更多資料。」姆米爸爸倚靠著餐桌，神祕的說：「我想了解大海的個性是固執還是柔順。」

「大海對誰柔順？」姆米托魯睜大眼睛問。

姆米爸爸突然間又趕緊低頭喝湯，吞吞吐吐的回答：「呃……順服某個東西……看看大海究竟有沒有規則可循。」

姆米媽媽倒了點紅色油漆在杯子裡給姆米爸爸，姆米爸爸一吃完午餐，就馬上出門去畫大海的最低水位線。

*

白楊樹葉已經完全變紅，空地上鋪著一層白樺樹的枯黃落葉。每當西南風吹起時，就會將這些紅色和黃色的落葉吹到海面上。

姆米托魯將煤油燈的三面玻璃罩塗成黑色，像是某種討厭的惡作劇。他刻意繞遠路，不經過燈塔，因為燈塔似乎一直用茫然的眼睛盯著姆米托魯。又到了傍晚時分，小島開始甦醒過來。姆米托魯感覺它發出一陣騷動，海岬附近傳來海鷗的叫聲。

「我快要無法忍受了。」姆米托魯心想：「如果我告訴爸爸，他應該可以理解我的感覺。我今晚不想再看見沙子移動的畫面。或許我應該改去小島的東端。」

姆米托魯坐在岩石上等待，提起煤油燈照向大海。他身後的小島隱沒在黑暗中，但是莫蘭沒有出現。

只有米妮一個人看見姆米托魯，從她的位置也可以看到莫蘭坐在沙灘上等待姆米托魯。

米妮聳聳肩，鑽到青苔下。她經常看見人們在不同的位置等待對方，像傻瓜一樣茫然的空等。「這種事誰都幫不上忙。」米妮心想：「這就是人生！」

當天晚上，雲層低低飄在小島的上空。姆米托魯雖然沒看見鳥兒的身影，卻能聽見小鳥從他頭上飛過的聲音。這時他身後傳來水花濺起的聲響，他轉頭一看，在煤油燈照亮的黑色水面上出現了兩匹海馬。海馬在懸崖下方游泳。或許她們每天晚上都到這裡來戲水，只不過姆米托魯毫不知情。

海馬不斷發出笑聲，互相潑水嬉戲。她們透過劉海看見了姆米托魯。姆米托魯偷偷比較兩匹海馬的長相，發現她們的眼睛長得完全一樣，脖子上也有同樣的花紋，可愛的小腦袋也毫無差別。姆米托魯無法分辨誰才是他的海馬。

「是妳嗎？」姆米托魯問。

海馬一同游向姆米托魯，站在靠近岸邊的水中，異口同聲的笑著回答：「是我啊！是我啊！」

「你不救我嗎？」其中一匹海馬問姆米托魯：「你不是要救我嗎？肥肥的小海膽！你是不是每天都看著我的畫像？是不是？」

「他才不是海膽！」另一匹海馬不高興的說：「他是一個蛋形蘑菇！他答應過我，如果暴風雨來了，一定會救我。他是替媽媽蒐集貝殼的蛋形蘑菇，真可愛啊，對不對？真的很可愛！」

姆米托魯羞愧得滿臉發燙。

因為姆米媽媽擦亮了銀製馬蹄鐵，姆米托魯知道他的海馬腳下會有一個特別閃亮的馬蹄鐵。

但是姆米托魯也明白，海馬故意不把腳抬出水面，就是不想讓他看出誰才是他的海馬。

兩匹海馬轉身往大海的方向奔去，姆米托魯聽見她們沿途仍然不停的哈哈大笑。海馬的笑聲漸漸遠離，最後聽起來像微風拂過沙灘的聲音。

姆米托魯躺在石頭上望著天空，他無法再繼續想像自己的海馬。只要他一想，腦子裡就會出現兩匹完全相同的海馬不停的發笑。她們總是在海上跳躍奔跑，讓姆米托魯的眼睛都花了。他想著想著，海馬就越變越多，最後多

到數不清。姆米托魯現在只想安安靜靜的睡一覺。

＊

姆米媽媽的壁畫越來越漂亮，還延伸到房門附近。她畫了大大的綠色蘋果樹，樹上開滿花、結滿果實，草地上還有幾顆從樹梢掉落的蘋果。周圍都是玫瑰樹，其中大部分是每戶人家院子裡都會有的紅玫瑰，還有白色的貝殼圍繞在樹旁。水井是綠色的，柴房是棕色的。

某天傍晚，當夕陽照射在牆壁上時，姆米媽媽正在畫姆米家的陽台。姆米爸爸走進房間，看了那幅畫一眼。

「妳不畫石頭嗎？」他問。

「這裡沒有石頭啊！」姆米媽媽隨口回答。她正忙著畫欄杆，欄杆的線條很難畫得直。

「這是海平線嗎？」姆米爸爸又問。

姆米媽媽抬起頭。「不是。我在畫藍色的陽台。」她說：「這幅畫裡沒有大海。」

姆米爸爸在一旁看了很久，沒有再多說什麼。他走到火爐旁燒煮開水。

當他再度轉過頭，看見姆米媽媽正在畫一個藍色的圓圈，上面有個疑似小船的東西，只不過形狀很奇怪。

「妳畫得不太好。」姆米爸爸說。

「我畫出來的和我想像的不太一樣。」姆米媽媽難過的承認。

「呃，妳的點子很不錯。」姆米爸爸安慰姆米媽媽：「但我看妳還是繼續畫陽台比較好。妳不想畫的東西，就不要勉強自己畫。」

姆米媽媽的壁畫越來越像姆米谷。但是她不太擅長表現出景物與景物之間的遠近關係，所以偶爾會把一些東西與背景隔離，單獨畫在一旁，例如客廳裡的壁爐與家具。事實上，要畫出房間裡所有的東西，實在是不太可能的任務，就算畫出來也不自然。

最適合姆米媽媽作畫的時間，就是每天太陽下山之前。在這段時間裡，燈塔裡一個人都沒有，姆米谷的景象這時才能清楚浮現在她的腦子裡。

某天黃昏，姆米媽媽在西邊的天空看見了最美麗的夕陽，天空裡有紅色、橘色、粉色與黃色的光芒，甚至陰暗海面上的雲朵，也都染成宛如火在燃燒的顏色。西南風從漆黑的海平面吹來，直直吹向小島。

姆米媽媽站在餐桌上，用紅色油漆在樹木的頂端畫了幾顆蘋果。「如果有足夠的油漆可以粉刷外牆，我就可以畫出更多更棒的蘋果與玫瑰！」她心想。

此刻的夕陽光輝照射到牆上，染紅了上頭畫著的姆米谷花叢。在夕陽映照之下，這些花朵像是有了生命一般，發出閃閃光亮。畫中的院子看起來格外寬敞，一路向外延伸的彎曲碎石路直通陽台旁。姆米媽媽撫摸那些畫在牆壁上的樹木，覺得樹木被日光照得非常溫暖，紫丁香花也似乎因此開始綻放。

突然有個黑影迅速掠過牆面，窗戶外面有一團黑黑的東西。姆米媽媽轉頭一看，是一隻巨大的黑鳥在燈塔四周盤旋，從這扇窗飛到那扇窗：西邊、南邊、東邊、北邊……黑鳥發狂似的鼓動著翅膀。

「我們被包圍了！」姆米媽媽陷入驚慌，「就像魔法陣一樣。我好害怕！我想回姆米谷，我想離開可怕的荒島與無情的大海……」姆米媽媽緊緊抱住她畫的蘋果樹，閉上雙眼。蘋果樹的樹皮雖然粗糙，卻相當溫暖。大海的聲音消失了，姆米媽媽與她所畫的院子已經融合為一。

房間變得空無一人，姆米媽媽的油漆仍然放在餐桌上。窗外的黑鳥也依舊繞著燈塔飛翔。西方天空的顏色漸漸淡去時，鳥兒便朝著大海飛去。

傍晚，姆米一家人喝茶的時間一到，大夥兒便陸續回到燈塔。

「媽媽，妳在哪裡？」姆米托魯大聲問。

「她是不是去取水了呢？」姆米爸爸說：「你們看！我們出去之後，姆米媽媽又畫了一棵樹。」

姆米媽媽站在蘋果樹後方，看著大夥兒準備茶點。她覺得大家的身影有點模糊，彷彿躲在水底，但是她一點也不驚訝。她終於站在自己的院子裡，這個院子裡該有的東西都具備了，該種的植物也都種入土中。雖然不見得完全符合姆米媽媽的夢想，但是無所謂。姆米媽媽坐在高大的草叢裡，傾聽從小河另一頭傳來的布穀鳥叫聲。

當煮茶的熱水沸騰時，姆米媽媽已經倚在蘋果樹旁，沉沉的進入夢鄉。

第七章

西南風

黃昏時，漁夫突然有一種預感：美麗的大浪要來了！於是他把小船拖上海岬，再翻轉船身，綁好釣竿。他回到小屋內，身體蜷縮成球狀，就這樣一個人靜靜的縮著。

在各種風向之中，漁夫最喜歡西南風，因為西南風非常穩定，到了夜裡也不會變弱。現在吹拂的風正是秋天的西南風，可能會持續好幾個星期，直到海浪吹得像灰色的山脈一樣高，在小島的四周圍作威作福。

漁夫坐在小屋裡看著大海的波浪。「什麼事情都不在乎的感覺真是太棒了。我不需要和任何人交談，回答別人提出的問題，更不用為其他人感到抱歉。只有神祕又深不可測的大海與天空圍繞著我，它們永遠都不會讓我失望。」漁夫心裡想著。

即將天黑的時候，姆米托魯破壞了漁夫的獨處時光。姆米托魯從滑溜溜的岩石那一頭走來，他揮著手大喊，甚至用力拍打漁夫小屋的窗戶。姆米托魯用他最大的聲音喊著：「我媽媽失蹤了！」漁夫朝著姆米托魯微微一笑，搖了搖頭。窗戶的玻璃太厚了，他根本聽不見姆米托魯在喊些什麼。

姆米托魯在強風中幾乎沒有辦法站穩，他便走回浪花四濺的岬角，到石南樹叢裡尋找姆米媽媽。

他先聽到呼喊聲，才看見正準備攀上岩石的姆米爸爸，手中拿著一盞不停搖晃的煤油燈。整座小島顯得相當不安，一直晃個不停，隨處都能聽見奇怪的耳語和哭聲。姆米托魯四處走動的時候，非常確定腳底下的地面也跟著移動。

「媽媽消失了。」姆米托魯心想：「她一定是太寂寞了，才會消失不見。」

米妮縮著身子坐在石頭堆上，對姆米托魯說：「你看！那些石頭在動！」

「我才不在乎石頭是不是在動！」姆米托魯回答：「媽媽失蹤了！」

「姆米媽媽才不可能輕易消失呢！」米妮表示：「大家只要仔細看一看，就能夠找到隱藏在角落裡的東西！我要趁小島開始移動前先去睡個午覺！你最好相信我說的話：不久之後，這裡一定會發生奇怪的事情！」

姆米爸爸和煤油燈出現在黑池旁，姆米托魯也跟著過去一探究竟。姆米爸爸轉過身，高高舉起煤油燈。

「希望她沒有跌進黑池裡才好……」姆米爸爸對姆米托魯說。

「不要緊的，媽媽會游泳啊！」姆米托魯回答。

他們站在池邊面面相覷，海浪不斷拍打著燈塔下方的岩石。

「對了，這段日子你都住在哪裡？」姆米爸爸問姆米托魯。

「呃，我都隨處亂跑，有時候住在這兒，有時候住在那兒。」姆米托魯小聲回答，移開視線。

「我也應該到小島上的每個地方走走看看。」姆米爸爸含糊的說。

姆米托魯聽見石頭偷偷轉動的聲音，聽起來僵硬又奇怪。「我想過去樹叢找找看。」姆米托魯表示。

但是這個時候，姆米爸爸與姆米托魯突然看見燈塔的窗邊出現了兩根蠟燭。原來姆米媽媽已經回到燈塔了。

當他們返回燈塔的房間時，姆米媽媽正坐在餐桌旁縫製毛巾。

「妳上哪兒去了？」姆米爸爸大聲問道。

「我？」姆米媽媽一臉無辜，「我只不過出去走走走，透透氣罷了。」

「妳不應該這樣嚇唬我們。」姆米爸爸說：「妳應該知道，我們每天晚上回來的時候，習慣有妳在這

裡等著我們。」

「真是夠了！」姆米媽媽嘆了口氣：「我有時候也想要做點不一樣的事情啊！我們總是把一切視為理所當然，包括自己的家人。親愛的，你認為我說得對不對？」

姆米爸爸不明白的看著姆米媽媽，她則是笑了一下，又繼續低頭縫製毛巾。姆米爸爸走到月曆前，在上面畫了個叉，代表今天是星期五。他還在叉號下方寫著：「風力：五級。」

姆米托魯覺得月曆上的海馬圖好像變得不太一樣。真正的海馬並不像圖畫裡那麼藍，圖中的月亮也畫得太過誇張。姆米托魯坐在餐桌旁，非常輕聲的對姆米媽媽說：「媽媽，我住在樹叢裡的空地上。」

「是嗎？」姆米媽媽回答：「那個地方舒服嗎？」

「非常舒服。」姆米托魯回答：「或許改天妳也可以過來看看。」

「我很樂意過去看看。」姆米媽媽表示：「你打算什麼時候帶我去？」

姆米托魯環顧一下四周，發現姆米爸爸正忙著在記事本上寫些東西。姆米托魯便輕聲的說：「現在，馬上。今天晚上我就帶妳去。」

「太棒了！」姆米媽媽很開心，「但是如果等到早上，大家一起去會不會更好？」

「如果等到明天早上，就不一樣了。」姆米托魯回答。

姆米媽媽點點頭，繼續縫製毛巾。

姆米爸爸在記事本上寫著：「每天晚上都有一些奇怪的事情發生。待查事項：大海每天晚上做些什麼？觀察心得：我的小島一到夜裡就會變得不一樣，因為：（一）小島發出奇怪的聲音，（二）小島顯然偷偷移動了。」

姆米爸爸突然停下筆，遲疑了一會兒又繼續寫道：「一個人的情緒如果發生巨大的轉變，會不會影響周圍的環境呢？比方說：我因為找不到姆米媽媽而相當生氣，這樣的情緒會不會影響我身邊的一切？我應該好好調查清楚。」

姆米爸爸讀過一遍自己寫下的東西，原本還想寫些結論，但是他實在不知道結論是什麼，只好放棄，慢慢走到床邊。

在他用棉被蓋住自己的頭之前，他對姆米媽媽說：「妳上床睡覺前記得熄掉煤油燈，這樣我們才不會一直聞到煤油的味道。」

「好的，親愛的。」姆米媽媽回答。

姆米爸爸睡著後，姆米媽媽便提著燈，和姆米托魯一起走過小島，最後停駐在石南樹叢前。姆米媽媽傾聽著小島發出的聲音。

「每天晚上都有這種聲音嗎？」姆米媽媽問姆米托魯。

「對啊，這種聲音讓我覺得晚上很可怕。」姆米托魯回答：「但是妳不必擔心，因為這只是小島發出的聲音。妳看，一到晚上，小島就會趁我們睡覺的時候甦醒過來。」

「我明白了。」姆米媽媽說：「原來小島晚上會甦醒啊！」

姆米托魯帶著姆米媽媽從主要入口進入他的空地。他三不五時回過頭，確認她有沒有跟上來。雖然姆米媽媽一度被樹枝絆住，最後還是順利抵達空地。

「這裡就是你住的地方啊！」姆米媽媽驚呼：「真是不錯！」

「原本可以充當屋頂的樹葉現在都不見了。」姆米托魯解釋：「可惜妳沒看見當初樹葉綠意盎然的模樣，如果點亮煤油燈照一照，看起來簡直就像是個洞穴。」

「我相信你說的。」姆米媽媽表示：「我們可以在這裡鋪一條地毯，拿個箱子作為椅子……」她抬起頭看見高掛在天上的星星和隨風飄過的雲朵，繼續說道：「你知道嗎？有時候我覺得小島好像會偷偷移動喔！我們將會隨著小島漂往某個不知名的地方……」

「媽媽！」姆米托魯突然開口：「我遇見海馬了，但是她們好像對我一點興趣都沒有。我好想跟隨在她們身後，一起在沙灘上奔跑、歡笑。海馬真的好漂亮……」

姆米媽媽點點頭。「我覺得你不太可能和海馬變成朋友，」她嚴肅的說：「所以你不要因此失望。我認為你只要把海馬當成漂亮的鳥兒或美麗的風景來欣賞就好，不要一心想著與她們交朋友。」

「或許妳說得對。」姆米托魯點點頭。

他們聆聽著風吹過樹叢的聲音。姆米托魯此刻早已忘了莫蘭在海邊等他的事。

「真不好意思，我沒有東西可以招待妳。」姆米托魯說。

「明天再說吧！」姆米媽媽表示：「反正我們明天可以舉辦一場小小的派對，如果其他人想來參加，也歡迎他們共襄盛舉。嗯，能夠看見你居住的地方，真是太好了。我差不多該回燈塔去了。」

*

姆米托魯陪姆米媽媽回到燈塔之後，就熄掉了煤油燈。姆米托魯想要一個人獨處。外面的風越來越強，夜越來越黑，海浪的聲音也越來越大。但是媽媽剛才說的話，都讓他感到心安。

姆米托魯經過一個地方，那兒有許多石頭正自動滾向黑池。他聽見懸崖底端傳來水花四濺的聲音，但是他沒有停下來，只覺得自己的腳步就像氣球一樣輕盈，他也完全沒有睡意。

這時，姆米托魯看見了莫蘭。莫蘭爬到小島上，在燈塔下方的岩石堆四處張望。她東看西看，在石南樹叢前嗅著氣味。莫蘭環顧身旁的一切之後，就朝著沼澤的方向走去。

「莫蘭一定是在找我！」姆米托魯心想：「她應該放輕鬆一點。我今晚不想點燃煤油燈，因為整晚點燈實在太浪費煤油了。」

姆米托魯在原地佇立了一會兒，靜靜看著孤單的莫蘭在小島上走來走去。

「她可以等明天晚上再跳舞給我看。」姆米托魯突然覺得這樣偷看莫蘭也很有趣，「今天晚上我只想待在樹叢裡的空地上休息，所以莫蘭今晚見不到我了。」

姆米托魯轉過身背對莫蘭，繞了遠路，回到那片屬於他的空地。

*

黎明時分，姆米托魯在驚嚇中醒來。他發現自己被囚禁在睡袋裡，有東西壓著他，讓他沒辦法伸出雙手到睡袋外頭。他覺得整個人彷彿上下顛倒，奇怪的棕色光芒環繞著他，四周還

飄著一種怪味道，宛如掩埋在地心深處。

掙扎了老半天之後，姆米托魯終於拉開睡袋的拉鍊，當他一拉開，就看見周圍都是泥土和針葉樹的樹葉，這個世界似乎變了模樣，讓他相當茫然。地上都是樹根爬行過的痕跡，就連他的睡袋也難以倖免。雖然此刻周圍的樹木並沒有移動，但是它們趁深夜從他頭上爬了過去。整片樹林都連根拔起，悄悄越過姆米托魯身上，將在睡袋裡沉睡的姆米托魯當成一顆大石頭。姆米托魯的火柴盒、旁邊的黑醋栗果汁都還在原處，但是樹叢裡的空地已經消失無蹤。整片空地都不見了。姆米托魯辛辛苦苦挖出來的三個出入口也全部毀壞。他現在彷彿置身於一座原始森林，到處都是樹木以及樹木爬行過的痕跡，甚至越過他的睡袋。他緊緊抓著睡袋，這是個很棒的睡袋，而且是別人贈送的禮物。

姆米托魯看見他的煤油燈還好好地掛在樹上，和他入睡前一模一樣，只不過，掛著煤油燈的那棵樹已經移動了位置。

姆米托魯坐在地上，放聲大喊米妮的名字。米妮馬上回應了他的呼喚。她發出一連串宛如小喇叭吹奏的聲音，聽起來像是來自遠遠的海上。姆米托魯趕緊朝著聲音的來源爬去。

姆米托魯這下子才終於看見陽光，一陣微風輕輕吹拂在他的臉上。姆米托魯站起身來，雙腳仍在發抖。一看見米妮，姆米托魯才放下了心裡的大石頭。他這時突然覺得米妮真是可愛。

有些比較矮小的灌木已經輕鬆的連根拔起，散亂的躺在不遠處的石南樹叢前。原本的沼澤陷入地面，看起來像是綠色的深谷。

「到底發生了什麼事？」姆米托魯大喊：「我不明白為什麼這些樹木要拔出自己的根來？」

「因為他們全都嚇壞了。」米妮回答時緊盯著姆米托魯的雙眼，「他們害怕得連每根針葉都豎了起來。這些樹受到驚嚇的程度比你還嚴重！如果我不知道事情的真相，一定會以為是莫蘭把他們嚇成這副模樣。你明白我的意思嗎？」

姆米托魯突然心情一沉，一屁股坐在石南樹叢前。還好樹叢沒有亂跑，樹上依舊開著花。它似乎已經下定決心留在原地不走。

「莫蘭那個傢伙啊，不但又大又冷，而且到處亂晃，還隨隨便便坐在每個東西上。」米妮若有所思的說：「你知道莫蘭坐過的地方會發生什麼事嗎？」姆米托魯當然知道，只要是莫蘭坐過的地方，就再也長不出任何植物。

「妳為什麼一直盯著我看？」姆米托魯問米妮。

「我哪有盯著你看？」米妮裝出一臉無辜的模樣，「我怎麼可能盯著你看？其實我是盯著你身後的那個東西……」

姆米托魯整個人跳起來，害怕的左顧右盼。

「哈哈哈！我開玩笑的啦！」米妮開心的大喊：「小島上的石頭會自己亂滾，島嶼本身也開始慢慢移動，你不覺得非常好玩嗎？我倒是覺得這種現象超級有趣的！」

但是姆米托魯一點也不感到有趣。樹叢直直往燈塔的方向前進，樹木越過整座小島，一路爬到燈塔大門外的階梯前。這些樹每天晚上朝著燈塔前進，等到他們的樹枝推開燈塔的大門，就會毫不客氣的闖進去。

「我們絕對不會開門讓你們進去！」姆米托魯忍不住大喊。他看著米妮的眼睛，米妮似乎相當開心，她的眼神彷彿嘲笑著姆米托魯，向他暗示：「我知道你所有的祕密喔！」

如果米妮真的知道姆米托魯所有的祕密，反而讓他覺得鬆了口氣。

＊

姆米爸爸一吃完早餐就出門去了。他坐在燈塔管理員位於懸崖的岩棚上，不久便陷入沉思。

他的記事本寫滿了他對大海的推測，最後一篇記事的標題是：《大海在夜裡變化的方式》。姆米爸爸還在底下畫了橫線。此刻，他盯著這篇記事下方的空白頁，身旁持續吹拂的強風似乎想從他手中搶走本子。姆米爸爸嘆了口氣，翻到記事本的第五頁。他最喜歡這一頁記載的內容。在第五頁上，姆米爸爸研究出黑池其實透過一條深得難以想像的隧道，與大海彼此相通（請參見地圖）。金銀財寶、裝著威士忌的木箱以及可怕的骷髏，都是從這條隧道沉到大海底部。至於生鏽的罐子則碰巧卡在A地點。如果某種X在B地點將水灌進這條隧道裡，再抽出水來，黑池的水面就會一下子變高，一下子又變低，看起來當然就像是池子在呼吸。但X到底是什麼東西，或是什麼人？會不會是大海怪？這點很難查證。姆米爸爸將這些與大海有關的問題全都轉寫到一篇名為「假設」的章節裡。這個章節現在越來越長。

在另一個名為「事實」的章節裡，姆米爸爸記載著：「越深處的水越冰冷。」當然，他在開始測量之前就已經知道這個事實了。只要腳伸進水中，就會馬上明白這個道理。但姆米爸爸後來又透過一個精心設計的水瓶來加以驗證。他還在這個章節裡寫道：「海水很重也很鹹，越深處的海水就越重，越接近表面的水則越鹹。」證據來自於某個

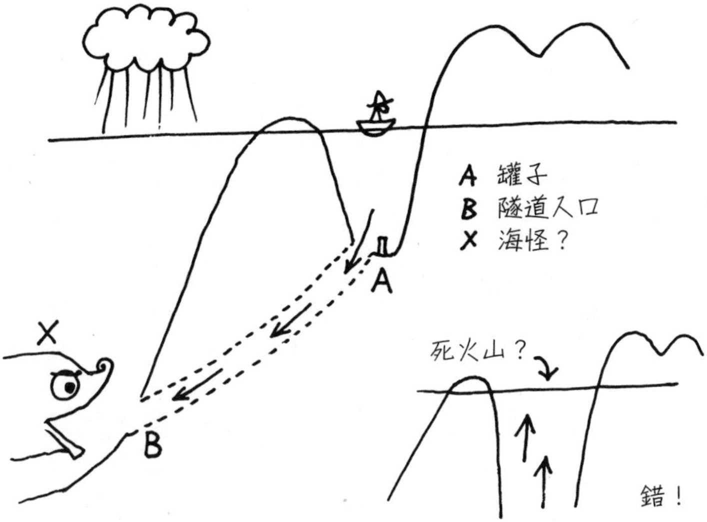
A 罐子
B 隧道入口
X 海怪？
A
B
X
死火山？
錯！

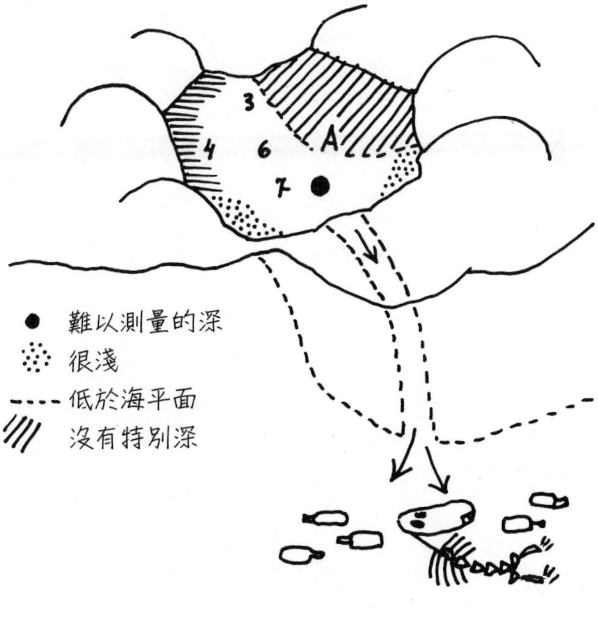
3
4
6
7
A
難以測量的深
很淺
低於海平面
沒有特別深

淺水灘裡的水，那兒的水非常鹹。而潛入水中的時候，也可以清楚感受到水的重量。

海草會被海浪沖到下風處，而不是上風處。在有風的時候，如果從燈塔裡丟出一片木板，它不會被吹到沙灘上，反而會飄到遠離沙灘的海面，繞著小島漂浮。如果將木板高舉到海平線的位置，天際線會變成弧線而不是直線。天氣不好的時候，水位會高漲，但有時候會有相反的現象發生。每隔七道海浪，就會有一次巨大的波浪，但有時候是第九道海浪才是大浪，有時候則完全沒有規則可循。

暴風雨來襲之前，會有一排排泡沫般的浪花從不知名的地方出現。這些泡沫浪花到底從哪裡來？打算往哪裡去？姆米爸爸試著找出許多問題的答案，但是相當困難。他開始感到疲倦，也覺得自己的做法相當不科學。他在記事本裡寫下：「這座小島沒有橋也沒有圍欄，沒有辦法趕走或是囚禁住他人。這就表示……」不對，這麼寫不好。姆米爸爸刪掉剛才寫下的字句，翻回內容單薄的「事實」章節。

大海根本沒有邏輯可循，這個念頭再度在姆米爸爸的腦中萌生，但是他馬上又把這種想法逐出腦外。他已經下定決心要解開大海所有的謎題，唯有這麼做，他才能夠學著如何去喜歡大海，保住自尊心。

＊

姆米爸爸坐著苦思的時候，姆米媽媽則忙著在牆壁上繪製姆米家的院子。她發現許多東西必須重畫，而且她畫圖時，膽子也越來越大，就算聽見有人上樓來的腳步聲，也不會急著想躲到樹幹後面。她發現到，如果要躲到牆上所畫的樹幹後方，必須先變得像咖啡壺一樣小。姆米媽媽在院子裡畫了許多個小小的姆米媽媽，這麼一來，萬一有人看見姆米媽媽本人，也分不出來哪個才是真正的姆米媽媽。

「這也太瘋狂了吧？」米妮表示：「難道妳就不能畫我們其他人嗎？為什

麼只畫妳自己？」

「因為你們都在小島上啊！只有我待在姆米家的院子裡。」姆米媽媽回答。

姆米媽媽要求姆米托魯在樹叢的空地上舉辦一場派對，但是姆米托魯結結巴巴的推託其詞，一溜煙的跑掉了。

「一定是因為海馬的緣故。」姆米媽媽對自己說：「對！一定是這樣！」她邊說邊畫出另一個姆米媽媽。這個姆米媽媽坐在紫丁香花叢底下，表情顯得非常開心。

姆米托魯慢慢走下樓梯，來到燈塔外面。他的空地消失，海馬也都不見了。他看著姆米媽媽在燈塔下方布置的院子，院子裡的玫瑰樹叢都枯萎死去，因為它們被移到軟爛的地面上，沒有沙石可以支撐。姆米媽媽在花床中間架設了一圈小小的圍欄，似乎想要圍住某個東西，但是他想不出那究竟會是什麼。也許是姆米媽媽打算種在圍欄裡的某種植物。

米妮突然衝到姆米托魯身旁。「嘿！」她向姆米托魯打招呼：「你知道那道圍欄裡種的是什麼嗎？我可以給你三次機會猜猜看喔！」

「我不想猜。妳直接告訴我吧！」姆米托魯表示。

「是一顆蘋果！」米妮一聽便宣布了答案：「姆米媽媽將一顆漂到岸邊的蘋果種在

這裡。她說蘋果的種子將來會長成蘋果樹。」

「一顆蘋果！」姆米托魯驚訝的複誦著答案：「但是蘋果的種子必須經過好多年才會長成蘋果樹！」

「沒錯！」米妮說完之後就跑開了。

姆米托魯依舊站在原地，目不轉睛的看著那道圍欄。圍欄做得非常精緻，從遠處看的話，與姆米谷家裡陽台的圍欄有幾分神似。姆米托魯忍不住笑了出來。這種感覺真好，笑出來的感覺真棒。姆米托魯覺得姆米媽媽肯定是全世界最固執的人，但他不確定她最後是不是真的能種出蘋果樹。他希望姆米媽媽的夢想可以實現。除此之外，他還突然覺得：如果他能夠擁有一間小屋，一定會比住在樹叢的空地上有趣。姆米托魯想要自己蓋房子，這樣他就可以在窗邊擺一些漂亮的小石頭。

*

直到這天的下午，姆米爸爸和姆米媽媽才發現森林正慢慢往燈塔靠近。赤楊樹顯然是動作最快的樹，它們已經爬到半路了，只剩下綁著冒險號的那棵赤楊樹還留在原地不動。但是它也扭曲變形，緊緊纏住小船的纜繩不放。山楊樹的樹葉全部掉光，因此它們害怕發抖時不再發出沙沙聲響。山楊樹全都躲進石南樹叢裡，形成一個驚惶失措的小團體。

所有的樹木看起來都像小蟲一樣，想盡辦法把自己的樹根纏在石頭上，死命抓著石南樹叢不放，以抵抗強勁的西南風。

「這到底代表什麼意思？」姆米媽媽看看姆米爸爸，輕聲的問：「這些樹木為什麼要這麼做？」

姆米爸爸咬著菸斗，試圖解釋眼前的景象。他不想回答姆米媽媽「我不知道」，他已經受夠了自己什麼都不懂。

最後，姆米爸爸終於開口：「反正夜晚就是會發生這種事情。妳也知道，只要一到晚上，所有的事情都會變得不太一樣。」

姆米媽媽不明白的看著姆米爸爸。

「很可能是因為……」姆米爸爸有點緊張，只好繼續瞎扯一通：「呃……某種在黑暗中進行的祕密變化。我的意思是……如果我們到外面去……呃……讓一切變得更混亂，一定會更棒……我是指混亂的程度……呃……等我們早上起床之後，一切又會恢復原本的模樣……」

「親愛的，你到底在說些什麼啊？」姆米媽媽焦慮的問。

姆米爸爸羞愧得滿臉通紅。

等到這個尷尬時刻過去，姆米托魯才小聲的說：「樹木很害怕。」

「你這麼認為嗎？」姆米爸爸感激的說：「對，我想你說得沒錯……」他環顧滿是爬痕的地面，發現每棵樹似乎都盡量遠離大海而行。

「這下子我終於明白了！」姆米爸爸驚呼：「這些樹木害怕大海！大海嚇壞了它們！昨天晚上我出來散步的時候，就發現有些事情不太對勁……」他隨即打開記事本，一頁一頁不停翻閱，「這是我今天早上所寫的……等一下，我現在需要冷靜思考片刻……」

「你會思考很久嗎？」姆米媽媽問。

姆米爸爸沒有回答，他埋首在記事本裡，低頭走回燈塔，途中還被灌木叢絆了一下，沒多久，身影便消失在樹林裡。

「媽媽！」姆米托魯說：「我覺得妳不必擔心，這些樹木只是離開自己原本生長的地方，接下來就會重新扎根，和平常沒有兩樣。」

「你真的這麼認為？」姆米媽媽低聲問道。

「說不定樹木還會在妳的院子周圍形成一座涼亭呢！」姆米托魯說：「這樣一來，院子肯定會變得更漂亮，對不對？妳想想看，那些長了淺綠色樹葉的白樺樹……」

姆米媽媽搖搖頭，轉身走回燈塔。「謝謝你安慰我。」她對姆米托魯說：「但我不認為這是正常現象。畢竟姆米谷的樹木從來不會做出這種奇怪的舉動。」

姆米媽媽決定在院子裡坐一會兒，讓心情沉澱下來。

姆米托魯將綁在赤楊樹上的冒險號纜繩解開。西南風現在越來越強了，天空中萬里無雲，小島最西端的海浪變得又高又白，姆米托魯從來沒見過這種驚人的場面。他走到石南樹叢裡躺下，心情相當平靜，甚至有點雀躍。姆米爸爸和姆米媽媽終於發現這座小島的祕密了！

一隻蜜蜂在石南樹叢的花朵間輕快飛舞。石南樹叢似乎什麼都不怕，始終駐足在原本的位置不動。「或許我應該把小屋蓋在這個地方！」姆米托魯心想：「我要蓋得很貼近地面，門前要有平坦的石頭。」

突然有個影子出現在姆米托魯眼前，讓他從美夢中驚醒過來。原來是姆米爸爸站在姆米托魯身旁，一臉擔憂的看著他。

「發生了什麼事情嗎？」姆米托魯問。

「我一點辦法都沒有。」姆米爸爸回答：「這些樹木毀了一切，而且我越來越不懂大海。所有的事情根本沒有規則可循！」姆米爸爸從頭上拿下燈塔管理員的帽子，先將帽子扭成一團，再用手撫平。

「你知道，我一直想找出大海究竟依照著什麼神祕的規則。如果我想要學著喜歡大海，一定得先找出大海的邏輯。而如果我不學著喜歡大海，我在這座小島上永遠不會快樂！」

「這就和人們一樣。」姆米托魯坐起身子，語氣急切的對姆米爸爸說：「我的意思是，如果你想要喜歡一個人，就一定得先了解他。」

「但是大海一天到晚變來變去！」姆米爸爸接著說：「大海顯然隨心所欲的做自己想做的事。昨天晚上，大海把整座小島嚇壞了！為什麼要這樣做？到底發生了什麼事？這一切根本沒有道理啊！就算真的有，也是我無法理解的！」

姆米爸爸無助的看著姆米托魯。

「我敢說，如果真的有道理可循，你一定會理解的！」姆米托魯表示。他覺得非常光榮。姆米爸爸願意找他討論這麼重要的事情，所以他也努力想要了解大海的祕密。

「你真的這麼認為嗎？」姆米爸爸問：「你也認為大海做事沒有任何道理嗎？」

「我相信。」姆米托魯回答。他希望自己回答得很正確。

幾隻海鷗飛過海岬，在小島上方繞著圓圈飛翔。海鷗可以感受到下方的海浪，波動得像是地面上有人正在用力呼吸。

「但是，大海應該是活的吧？」姆米爸爸陷入沉思：「大海會思考，它的行為完全是依照自己的感覺……所以我們無法理解……如果樹木害怕大海，就表示大海是活的，對不對？」

姆米托魯點點頭。他太興奮了，喉嚨變得很乾燥。

姆米爸爸又沉默了一會兒，才站起身子，說道：「那麼，在黑池裡呼吸的傢伙就是大海！是大海拉動了鉛錘線。這下子真相全都大白了。大海淹過了我的防波堤、在我的魚網裡塞滿海草，並且試圖推翻我的小船……」

姆米爸爸盯著地面，因為沉思而皺起鼻子。突然間，他有一種茅塞頓開的感覺。姆米爸爸如釋重負的對姆米托魯說：「這麼一來，我就不需要去理解大海了！因為大海根本就是一個靠不住的傢伙……」

可惜姆米托魯以為姆米爸爸在自言自語，就沒有回答，只是看著姆米爸爸走向燈塔，卻把記事本遺留在石南樹叢裡。

天空中出現更多鳥兒，中邪似的不斷大聲尖叫。姆米托魯從來沒看過那麼多隻鳥兒同時出現在空中，由於數量太多，幾乎遮住了整片天空，其中還有許多體型嬌小的小鳥。牠們在天空中瘋狂的盤旋飛舞，越來越多同伴從大海另一頭飛來。姆米托魯望著天上的小鳥，他知道牠們是為了躲避莫蘭和她散發的寒氣才會飛到這兒來，但是他幫不上任何忙。不過，他現在覺得就算自己無能為力也無所謂。正如姆

米爸爸剛才所做的結論，姆米托魯不需要做任何事或理解任何事。姆米托魯對自己感到相當驕傲。

姆米家的其他人都站在燈塔外，看著幾乎塞滿天空的鳥兒，聆聽著淒厲的鳥鳴。鳥兒飛越過大海，就這樣飛到大海的另一頭，什麼都沒留下，只有海浪不斷翻騰的聲音。

大海在小島四周圍呼嘯著，水花四濺的海浪有如下雪一般。位於小島西邊的大浪，看起來就像是張著大嘴的白龍。

「我敢說，漁夫現在一定很開心。」姆米托魯心想。

但就在這個時候，姆米托魯卻看見大浪打落漁夫小屋外牆上的磁磚，緊接而來的下一波更馬上捲走小屋的磚牆。

漁夫及時奪門而出，以快如閃電的動作穿過白浪，跳入停放在岩石上的小船。漁夫的小屋此時只剩下鋼架還留在原地，其他的一切都被大海沖走。殘留的鋼架看起來像是長在石頭上的缺牙。

「我的天啊！」姆米托魯心想：「爸爸說得沒錯，大海的脾氣真的很壞！」

*

「漁夫一定渾身濕透了！」姆米媽媽大聲說道：「或許還被破碎的玻璃割傷了……我們必須去救他，他現在已經無家可歸了！」

「我去看看他現在的情況如何。」姆米爸爸表示：「我必須盡全力保護我的小島！」

「但是海岬已經完全讓海浪淹沒了，那個地方很危險！」姆米媽媽說：「你可能也會被大浪捲走……」

姆米爸爸站起身子，帶著他掛在樓梯下方的鉛錘線，整個人無比亢奮，腳步輕盈得像空氣似的。

「妳不必害怕。」姆米爸爸告訴姆米媽媽：「大海想要怎麼樣就怎麼樣，隨便

它盡情使壞吧！我根本一點也不在乎！但是我必須保護住在小島上的每一個人！」

姆米爸爸走到燈塔下方的岩石旁，米妮在姆米爸爸身旁開心的跳來跳去。她嘴裡大喊了一些什麼，但隨即消散在風中。姆米托魯站在石南樹叢邊，呆呆望著漁夫小屋原本的位置。

「你也來吧！」姆米爸爸對姆米托魯說：「現在正是最好的時機，讓你學一學如何保護自己！」

於是他們三個人一起穿過小島，走到漁夫的岬角旁。岬角現在已經完全沉沒在海裡。米妮興奮的跳上跳下，狂風吹散她的頭髮，髮絲在臉頰旁不停飛舞，看起來有如太陽的光暈。

姆米爸爸生氣的看著大海，它持續以海浪侵襲這座小島，不但水花四濺，還發出可怕的聲響。海岬另一頭的波浪發出巨響，他們必須穿過這片汪洋。姆米爸爸拿出繩子，一頭纏住自己的腰，另一頭交給姆米托魯。

「死命抓緊這條繩子！」姆米爸爸告訴姆米托魯：「把繩子綁在身上，順著繩子緊緊跟在我身後！我們要挑戰大海！現在第七道大浪要來了！第七道大浪！」

姆米爸爸等待大浪碎掉的時刻，趁著岩石從海水裡露出來的機會往前衝。無論他扶上什麼都滑溜溜的，相當危險。然而，等到下一波大浪再次襲來時，他已經順利爬過了岩石。綁在他和姆米托魯身上的繩子拉得緊繃，一波旋轉式的大浪襲來，害得他們跌進海裡。幸好繩子將兩人緊緊繫在一起，才讓他們沒被海浪沖散。

大浪過了之後，他們溜過大石頭，俐落的攀到下一顆巨石上。

「你真應該學一點基本禮儀！」姆米爸爸心想，他指的當然是大海，「任何事情都應該有個限度……你對我們造成的困擾，我們還可以忍受，但是你欺負可憐的漁夫就不對了，畢竟他對你充滿景仰之情。你實在太過分了，讓我非常生氣……」

這時候，突然有一波宛如高山的大浪打在姆米爸爸身上，頓時澆熄了他滿腹的怒火。

姆米爸爸整個人愣住了，幸好繩子還綁在腰上，他趕緊雙手雙腳撐在石頭上。接著又有一波大浪襲來，打落了繩子。

姆米爸爸一從海水裡探出頭來，就連忙爬到海岬上。雖然手腳都還在發抖，但是他連一秒鐘都不敢耽擱，馬上用繩子將姆米托魯拉出水面。姆米托魯還沉在下風處的海水中。

姆米爸爸與姆米托魯緊靠著坐在石頭上，冷得發抖不止。米妮還在原地蹦蹦跳，像是一顆小皮球。她正在為姆米父子倆橫渡大海的勇敢行徑大聲歡呼。姆米托魯看了姆米爸爸一眼，兩人同時笑了出來。他們戰勝大海了！

「你還好嗎？」姆米爸爸大喊著，翻過漁夫的小船。縮在小船裡的漁夫用他明亮的藍色眼眸看著姆米爸爸。雖然漁夫已經渾身濕透，但是他沒有被窗戶的碎玻璃割傷。

「你想不想喝杯熱咖啡？」姆米爸爸站在風中對漁夫大喊。

「我不知道。我很久沒喝咖啡了……」漁夫說話的聲音聽起來像哨子，還帶有一點點分岔音。姆米托魯突然替漁夫感到可憐，漁夫那麼嬌小，一定沒辦法靠著自己重建家園。

姆米爸爸站起身來，轉頭看了姆米托魯一眼。姆米爸爸聳聳肩，拉長了臉，彷彿對姆米托魯說：

「反正大海就是這個樣子，我們完全無能為力。」姆米托魯明白的點點頭。

他們隨即快步離開岬角。強風不斷吹拂著耳朵，海鹽也打在他們臉上。當他們無法繼續前進時，姆米爸爸和姆米托魯停下腳步，看著眼前宛如泡沫巨柱的大浪。海浪緩緩升起，接著又像完成儀式般回歸大海。

「至少，大海是一個值得對抗的敵人。」姆米爸爸在海浪聲中大喊。

姆米托魯點點頭。其實他根本沒聽見姆米爸爸到底說了什麼，但是他明白姆米爸爸的感覺。

有個東西被海浪沖到海岸附近，他們仔細一看，原來是個箱子。那個箱子漂到海岬某側的下風處，默默浮在海面上。姆米爸爸沒有告訴姆米托魯應該怎麼做，但姆米托魯馬上就跳進海裡，順著下一波海浪游向箱子，姆米爸爸則用力抱緊岩石。

姆米托魯游到箱子旁，箱子很重，但是上頭有個繩子做成的把手。當姆米托魯轉身游回岸邊時，感覺到身上的繩子一直被姆米爸爸緊緊拉著。姆米托魯覺得自己彷彿在玩一種世界上最刺激也最危險的遊戲，而且爸爸也陪著他。

姆米爸爸和姆米托魯一同使力將箱子拉上岸。那個箱子並沒有被大浪破壞。他們發現那是一箱來自國外的威士忌，因為酒瓶外貼著充滿異國風情的紅藍色標籤。

姆米爸爸轉頭看著大海，表情既驚訝又感恩。海浪現在變成了深綠色，黃昏的夕陽照射在浪花上。

＊

漁夫喝了上好的威士忌之後，姆米爸爸和姆米托魯就陪著他穿過小島。姆米媽媽在燈塔外等著他們，手裡拿著燈塔管理員的舊衣服，她在書桌最下方的抽屜裡發現這些衣服。

「我……不喜歡……這條褲子。」漁夫邊發抖邊說：「我覺得……這條褲子很醜……」

「你快點到那顆大石頭後面，換上這條褲子！」姆米媽媽語氣堅定的對漁夫說：「就算你覺得褲子很醜，還是得穿上它！它很溫暖，而且是燈塔管理員的褲子。這褲子沒有什麼不好，管理員也不是什麼壞蛋，雖然他似乎是個非常孤獨的人。」

姆米媽媽說完，將衣服塞到漁夫的手中，命令他到大石頭後面換衣服。

「我們發現了一箱威士忌！」姆米托魯告訴姆米媽媽。

「那真是太好了！」姆米媽媽說：「我們應該去野餐！」

姆米爸爸聞言後大笑：「妳還真是喜歡野餐啊！」

過了一會兒，漁夫穿著燈芯絨上衣和充滿補丁的長褲出現在姆米一家人面前。

「這身衣服簡直像是為你量身訂做的。」姆米媽媽驚呼：「我想我們現在該回家喝杯熱咖啡。」

姆米爸爸發現姆米媽媽說的是「回家」而不是「回燈塔」，這是姆米媽媽頭一次這麼說。

「噢！不要！」漁夫驚慌的大喊：「我不要去那個地方！」他一臉害怕的看著自己身上的褲子，以最快的速度一溜煙跑掉。姆米一家人就這樣看著漁夫的身影消失在樹叢間。

「看來只好把咖啡裝在保溫杯裡，再拿去給漁夫喝了。」姆米媽媽對姆米托魯說：「你們將威士忌放在安全的地方了嗎？」

「別擔心！」姆米爸爸說：「那箱威士忌是大海送給我們的禮物，就算是沒有禮貌的大海，也不可能再把禮物討回去。」

＊

當天晚上，姆米一家人提早喝茶。

喝完茶之後，他們拿出拼圖來玩。姆米媽媽從壁爐櫃裡取出一罐太妃糖。

「今天是一個非常特殊的日子，所以每個人可以吃五顆太妃糖。」姆米媽媽說：「不知道漁夫喜不喜歡吃太妃糖？」

「妳知道嗎？其實我並不喜歡妳替我放在岩石上的太妃糖。」

「為什麼不喜歡？」姆米媽媽吃驚的問：「你不是很喜歡太妃糖嗎？」

「我一點也不喜歡！」姆米爸爸尷尬的笑了出來，「也許我以前很喜歡吧。因為我那個時候在偵查大海這件事情上毫無進展。反正我也不知道。」

「你覺得自己像個大笨蛋！就這麼簡單！」米妮做出結論：「如果兩顆太妃糖黏在一起，可以把兩顆算成一顆嗎？你可以不要再和大海糾纏不清了嗎？」

「絕對不行！」姆米爸爸大聲的說：「難道我會因為妳表現得像個笨蛋，就停止和妳來往嗎？」

大家聽到後都笑了。

「你們看，有時候大海的脾氣也很好，沒有人知道原因。雖然我們只能看到大海的表面，但如果我們喜歡大海，又什麼麼關係呢？只要時間久了，我們就會習慣大海的反覆無常……」

「所以你現在已經喜歡大海了嗎？」姆米托魯害羞的問。

「我一直都很喜歡啊。」姆米爸爸不高興的回答：「我們大家都喜歡大海，才會來到這裡居住，不是嗎？」他轉頭看看姆米媽媽。

「大概是吧？」姆米媽媽趕緊接話：「你們看，我找到一塊拼圖，剛好可以拼在這個奇怪的地方。」

大夥兒馬上圍過去看，眼神裡充滿了崇拜。

「這是一隻大大的灰鳥！」米妮大叫：「那邊還有另外一隻鳥的尾巴，但那隻是白色的！牠們都鼓動著翅膀，彷彿有人在牠們身體底下點火！」

這下子姆米一家人總算看出拼圖的內容了，他們發現整幅圖一共有四隻鳥。由於天色漸漸變暗，姆米媽媽便點亮煤油燈。

「你今天晚上還是要睡在外面嗎？」姆米媽媽問姆米托魯。

「怎麼可能？」米妮搶著回答：「我們的祕密基地都毀了！」

「我打算自己蓋一間小屋。」姆米托魯趁機宣布他的計畫：「當然不是現在啦！但是總有一天我要完成。等我蓋好之後，歡迎你們大家來玩！」

姆米媽媽點點頭，將煤油燈的燈火調整到適當的大小。「現在外面的風速如何？親愛的，可以麻煩你去看一下嗎？」她轉頭問姆米爸爸。

姆米爸爸走到面向北方的窗戶並打開來。過了一會兒，他說：「我看不出來森林現在是不是在移動，但是風速很強，大概有八級吧？」

他關上窗戶，走回餐桌旁。

「樹木會等到晚一點才開始移動。」米妮說，她的兩眼閃閃發光，「樹木會一路發出呻吟，不斷的往上爬到岩石這邊來，就像這個樣子！」

「妳覺得它們打算爬進燈塔裡？」姆米托魯驚呼。

「它們當然很想爬進來啊！」米妮壓低聲音說：「難道你沒有聽見大石頭正在樓梯底下敲門嗎？那些石頭從四面八方滾過來，全部聚在門口。樹木也紛紛往燈塔接近，它們現在已經越靠越近了。它們的樹根會攀在牆上，才方便爬上窗戶，擋住所有的光線……」

「不！不要再說了！」姆米托魯大喊，害怕得用雙手摀著鼻子。

「對啊，米妮，請妳不要想像這麼可怕的事情！」姆米媽媽也說。

「大家請冷靜一點！」姆米爸爸表示：「根本沒有什麼好怕的！現在只不過有幾棵小樹因為害怕大海而開始亂爬，不代表我們必須跟著窮緊張。你們應該也很清楚，大海對樹木的威脅本來就比較嚴重。我現在要去看看外面的狀況。」

天色變得越來越暗，但是沒有人想上床睡覺。大夥兒又在拼圖裡發現另外三隻鳥，而姆米爸爸則忙著設計廚房的櫃子。

外面的狂風呼嘯著，反而凸顯出屋內的安全。姆米一家每隔一陣子就會有人提到漁夫，擔心他是不是已經拿到了保溫瓶，喝掉熱咖啡。

姆米托魯開始有些不太自在，現在是他該去海邊與莫蘭碰面的時間了。他心裡已經答應過莫蘭今晚可以好好跳舞。姆米托魯整個人縮在椅子上，一句話都沒說。

米妮看著姆米托魯，她的雙眼像黑色的珍珠閃閃發亮。突然間，她開口對姆米托魯說：「你的繩子忘在沙灘上了。」

「繩子？」姆米托魯一開始沒有反應過來，還傻傻的問：「但是我明明把繩子帶回來了……」

米妮在餐桌底下狠狠踢了姆米托魯一腳。他這才急忙站起身，難為情的說：「對啦，我把繩子留在沙灘上了！我得快點去拿回來，待會兒如果漲潮的話，繩子可能會被海水沖走。」

「那你要小心喔！」姆米媽媽說：「路上到處都是樹根，而我們只有一盞煤油燈。你出去之後，記得順便帶回姆米爸爸的記事本。」

姆米托魯關上門之前看了米妮一眼，但是她正忙著玩拼圖，一臉不在乎的吹著口哨。

第八章

燈塔管理員

小島一整晚動個不停，漁夫原本居住的海岬在不知不覺中已經慢慢往大海的方向漂去。

整座小島發出一波又一波的晃動，彷彿在發抖。岩石環繞的黑池也變得越來越深邃，大海的波浪持續淹過岩石，湧向黑池，但是似乎永遠都填不滿。那個宛如鏡面的黑色大眼睛只是漸漸變得深沉，周圍堆滿了海草。

在下風處的沙灘上，一些田鼠在海邊跑來跑去，腳底揚起許多細沙。海浪沖翻了大石頭，石竹花的白色根部因此露出地面外。

到了黎明時分，小島才又陷入沉睡。樹叢晃到燈塔附近，滾落的大石頭先在地面上撞出深深的坑洞，才散落在石南樹叢裡。大石頭在等待著夜晚再次到來，這樣它們才能持續往燈塔的方向靠近。秋天的狂風不停的吹拂著。

早上七點鐘，姆米爸爸離開燈塔探視小船的狀況。水位又上漲了，西南風吹得海面越來越高。姆米爸爸發現漁夫蜷著身子躺在冒險號底部。漁夫正在玩石頭，他眨眨劉海下的雙眼，什麼話都沒說。海浪拍打著冒險號的船身，小船的纜繩並沒有繫在石頭上。

「你看不出來小船快要被大浪沖走了嗎？」姆米爸爸對漁夫說：「小船會撞在岩石上，你應該看看現在的情況！快點出來，幫我拉小船到岸邊！」

漁夫將原本曲著的雙腿挪到船緣，踉蹌的跳到沙灘上。他的眼神與平常一樣和藹溫柔，對姆米爸爸說：「我沒有破壞這艘小船……」

「但是你也沒有好好照顧它！」姆米爸爸回答，費盡力氣獨自將小船拉到岸上。

姆米爸爸坐在沙灘上大口喘氣，他發現這裡空無一物，憤怒的大海彷彿相當嫉妒沙灘，每天晚上都要沖走一些東西。姆米爸爸看著漁夫，語氣不太高興的問：「你拿到那個裝了咖啡的保溫杯嗎？」

漁夫沒有回答，只是對著姆米爸爸微笑。

「我覺得你很奇怪，我一點也搞不懂你。」姆米爸爸自言自語：「你不太像人類，比較像是植物或影子。你根本不像是個出生在世上的人！」

「我已經出生了。」漁夫馬上表示：「而且明天是我的生日。」姆米爸爸聽到後相當驚訝，忍不住笑了出來。

「你對自己的生日倒是記得很清楚。」姆米爸爸說：「沒想到你也有生日，真是意外。我可以請教你今年幾歲嗎？」

但漁夫這時卻轉過身子，沿著海邊往前走去。

姆米爸爸回到燈塔內，他擔心著他的小島。原本樹林生長的地方現在只剩下滿是坑洞的空地，樹木朝著燈塔移動時，在石南樹叢前形成一條犁溝。樹木此刻全都擠成一堆，彷彿受到嚴重的驚嚇。

「究竟要如何才能讓這座小島平靜下來呢？」姆米爸爸納悶著：「小島不應該和大海吵架，它們應該要當好朋友才對啊……」

姆米爸爸佇立著，突然發現燈塔看起來不太對勁。燈塔下方的岩石微微縮成一堆，就像皺眉時皮膚形成的皺褶，還有好幾塊大石頭滾到石南樹叢裡。小島彷彿從睡夢中甦醒了。

姆米爸爸靜靜的聆聽，感覺到一陣寒意襲來。他確定自己有種背脊發涼的感受，全身上下傳出神經緊繃後微弱的撞擊聲。那種聲音越來越清晰，聽起來宛如來自地底深處。

姆米爸爸趴在石南樹叢中，耳朵貼在地面上。他聽見小島的心跳聲，那聲音比海浪聲還大，是從地底深處發出來，一種柔和但不明顯的聲響。

「小島是活的！」姆米爸爸心想：「我的小島是活的，小島就像樹木與大海一樣。這裡所有的一切都是活的！」

他慢慢的站起身。

一棵杜松慢慢溜過石南樹叢，像一張微微波動的綠色地毯。姆米爸爸連忙退到一旁，以免擋住杜松行進的路線。姆米爸爸動也不動的站著，他看得出來小島正不停的活動著，就像是一個蹲踞在大海上的生物。姆米爸爸有種無助的恐懼感。「恐懼是一種很糟糕的感覺。」姆米爸爸心想：「它說來就來，還會掌控一切。我們這種小生物感到恐懼時，有誰能夠保護我們？」他想到這兒，忍不住拔腿就跑。

姆米爸爸回到燈塔，將燈塔管理員的帽子掛回掛鉤上。

「發生了什麼事？」姆米媽媽問：「難道是小船……？」

「我已經把小船拖上岸了。」姆米爸爸回答。其他人都盯著他看，於是他又說：「明天是漁夫的生日。」

「不會吧？真的嗎？」姆米媽媽驚呼：「這就是你表現得這麼奇怪的原因嗎？嗯，我們應該替漁夫舉辦一場生日派對。真想不到，就連漁夫也有生日！」

「替他準備禮物挺簡單的。」米妮表示：「只要一包海草、一些青苔，或者一團濕答答的東西就可以了！」

「妳這樣很不體貼喔！」姆米媽媽糾正米妮。

「我本來就不是個體貼的人！」米妮大聲的回答。

姆米爸爸站在窗戶旁邊，眼睛看著窗外的小島。雖然他聽見家人討論著兩件重要的話題：如何邀請漁夫到燈塔來，以及如何到被海水沖刷的海岬取回那箱威士忌。但是他心裡只惦記著小島從地底深處發出的心跳聲。

他很想找大海談一談這件事。

*

姆米爸爸走到燈塔管理員位於懸崖的岩棚，坐在那兒動也不動，看起來像是帆船的船頭雕飾，而他的小島就是一艘大型帆船。

他總是期待著真正的暴風雨，雖然現在暴風雨終於來了，卻和他想像中的不太一樣。海浪沒有宛如珍珠般美麗的泡沫，風速也不到八級的強度。相反的，海面上被風吹起的波浪像是憤怒的灰煙，海水形成一條條線紋，看起來活像是因為極度生氣而皺起的臉龐。

正如每個姆米都有過的靈光乍現，姆米爸爸突然間也想通了應該如何與大海交談。其實非常容易，當然，他只要靜靜的找大海搭話就可以了。

「你都已經長這麼大了，為什麼還那麼喜歡賣弄自己呢？這麼膚淺的行為真是要不

得！讓可憐的小島飽受驚嚇，對你來說真的有那麼重要嗎？它在這裡已經相當難熬，你應該可以沾沾自喜了，為什麼還要用海浪沖走石頭？你現在好好想清楚！因為你的緣故，這裡有一堆樹叢變得歪歪扭扭，你還捲走好多土壤，原本表面粗糙的岩石也被波浪沖刷得光溜溜的。你竟然將它們嚇成那副模樣！」

姆米爸爸將身子往前傾，以嚴厲的眼光瞪著憤怒的大海。「你可能不了解一件事！」他對大海說：「照顧這座小島是你的責任！你應該好好照顧它、安撫它，而不是像現在這樣惡形惡狀的！你懂嗎？」姆米爸爸聆聽著，但大海一點回應也沒有。

「你也同樣對我們很惡劣！」姆米爸爸表示：「你想盡辦法騷擾我們一家人，但是我們不會讓你得逞！儘管你不斷興風作浪，我們還是熬過來了。我試著了解你，但是你不想，對不對？不過我們一家人也沒有因為你而放棄這座小島，不是嗎？」姆米爸爸又接著說：「順便一提，我還要感謝你這麼客氣，送了一箱威士忌給我們。我知道你為什麼要送這個禮物，因為你知道你會被我們打敗，對不對？但如果你是為了報復我們才欺負這座小島，就實在太小心眼了。我現在對你說這些話，只是出於一個理由……嗯，因為我很喜歡你。」

姆米爸爸的話只說到這裡。他累了，便往後一躺，靠在懸崖的壁面上等待大海回應。但是大海什麼都沒說。姆米爸爸看見海面上有一片閃閃發亮的木板慢慢漂向岸邊，在浪裡忽隱忽現。

姆米爸爸感到相當興奮。

接著又出現了另外一片木板，還有一片。可能有人將整船的木板丟進了大海中。

姆米爸爸爬上懸崖，一面狂奔一面大笑。「大海表達歉意了！大海希望我們留在島上！它希望我們留下來建設小島！它希望我們在這兒定居下來，不要理會永恆不變的海平線！」姆米爸爸心想。

「你們大家快點出來！」姆米爸爸爬上螺旋狀的樓梯，對著家人大喊：「海上有好多漂流木！快點出來幫我打撈漂流木！」

姆米一家人立刻跌跌撞撞的衝出來。

漂流木一路跟隨著大浪漂到小島的下風處，沒多久就會流過小島，姆米一家人的行動必須相當迅速。他們跳入大海中，不顧海水有多麼冰冷。或許姆米一家的身體裡流著海盜的血，才能不畏寒冷的跳進海水中，靠著祖先遺傳的精神幫助他們忘卻寒冷帶來的痛苦。在大海裡進進出出的過程中，他們忘了小島帶來的憂鬱，也忘了大海讓他們感受到的孤單。他們在大浪裡對著彼此吶喊，將木板拿到岸邊堆放。天空中萬里無雲，明亮又晴朗。

你必須靠一些技巧，才能拖著五公分厚的木板到岸上。海水浸濕的木板相當沉重，不但可能順水漂走，還可能隨著海浪衝撞而來，因此相當危險。

當姆米一家從海裡打撈漂流木上岸之後，這些木板就成了非常珍貴的物資。它們閃閃發光，呈現出在海裡歷經風浪的光芒。他們將木板堆放在腳邊，從底端可以看見過去主人留下的記號。姆米一家對於完成這項任務感到相當自豪，並且開始想像著釘子與鐵鎚在木板上敲敲打打的聲音。

「現在的風速大概有九級吧？」姆米爸爸大喊。他做了一次深呼吸，看著大海。「很好！」他對著大海說：「我們扯平了！」

姆米一家將木板留在沙灘上，回燈塔煮魚湯去了。狂風像猛獸般不斷吹拂，米妮幾乎站不住腳。

當姆米媽媽走到小院子前方時，突然停下了腳步。她的院子已經完全被枯枝殘葉覆蓋住，她跪在地上，窺探枝葉下方的情況。

「妳是不是以為蘋果樹長出來了？」姆米托魯問姆米媽媽。

「我才沒有那麼笨！」姆米媽媽笑著回答：「我只是覺得蘋果樹需要一點鼓勵，如此而已。」

姆米媽媽看著枯萎的玫瑰樹叢，心想：「我把玫瑰樹叢種在這個地方實在太傻了。但還好小島上還有好多玫瑰，每個地方都有。或許野生的花朵會比種在院子裡的花朵更加美麗！」

*

姆米爸爸拿了幾塊木板上樓，取出他的工具箱。「我知道木板乾燥後會縮小。」姆米爸爸表示，「但是我等不及了！妳應該不介意我做出的廚房櫥櫃有縫隙吧？」

「我一點也不介意。」姆米媽媽回答：「請開始動工吧！只要你想做就去做。」

姆米媽媽當天沒有在牆壁上作畫，只在院子裡的花朵旁邊插上幾根支架，並且整理書桌，她甚至還清理了燈塔管理員的抽屜。姆米托魯坐在餐桌上畫圖，他要畫一間夢想中的小屋。雖然鉛筆快用完了，但是姆米托魯相信，等到他們需要新鉛筆的時候，大海就會沖來一些到沙灘上給他們。

到了晚上，大夥兒都覺得有點疲憊，沒有力氣交談。房間裡顯得非常平靜，姆米一家可以聽見大海在外面發出規律的聲響。天空一片雪白，宛如剛才被洗刷得乾乾淨淨。米妮坐在壁爐上面睡著了。

姆米媽媽看了大家一眼，走到自己的壁畫前方。她的手放在自己畫的蘋果樹樹幹上，但是什麼事情也沒發生。這棵蘋果樹只不過是牆面上的圖畫，這面牆也只不過是一面普普通通的水泥牆。

「我只想確認自己所做的一切是正確的。」姆米媽媽想著：「我當然沒有辦法走進這座院子，但是我現在已經不再想家了。」

*

黃昏的時候，姆米托魯準備在煤油燈裡添加煤油。

煤油桶放在樓梯下方，上面還有一張破掉的魚網。姆米托魯將小錫罐放在煤油桶的開口下方，再拔掉塞子。他拿起桶子時，聽見桶內傳出空蕩蕩的回聲。於是他等了一會兒，再輕輕搖晃煤油桶。

他將桶子放回原處，呆呆的站著不動，眼睛無助的看著地板。煤油全用光了，因為樓上的房間每晚都點燈，姆米托魯也總是在海邊為莫蘭點燈。除此之外，米妮還在螞蟻窩上淋了好多煤油。他不知道自己現在應該怎麼辦才好。如果不去海邊點燈，莫蘭會有什麼反應呢？姆米托魯不敢想像她會有多麼失望。他一屁股坐在樓梯上，雙手摀著臉發愁。

姆米托魯覺得自己讓莫蘭失望了。

*

「你確定煤油桶裡一滴煤油都不剩了嗎？」姆米媽媽邊問邊用力搖晃煤油燈。姆米一家這時喝完了茶，窗外的天色也暗了下來。

「一滴都不剩了。」姆米托魯說。

「那個煤油桶一定有漏洞。」姆米爸爸表示：「桶子八成生鏽了。一整桶的煤油不可能這麼快就用完。」

姆米媽媽嘆了口氣。「現在我們只能靠著壁爐的火光照明了。」她說：「我們還剩下三根蠟燭，但是這三根蠟燭要放在漁夫的生日蛋糕上。」姆米媽媽又往壁爐裡添加了一些木柴，讓爐門保持敞開的狀態。

燃燒中的木柴發出劈哩啪啦的聲響，姆米一家人拖出所有箱子，在火爐前方排列成半圓形。窗外的風聲透過煙囪傳進房間裡，聽起來孤單又寂寞。

「不知道外面的情況如何？」姆米媽媽表示。

「我可以告訴妳答案。」姆米爸爸回答：「小島準備要睡了。我向妳保證，它已經想睡了，它和我們睡覺的時間差不多。」

姆米媽媽忍不住笑了出來。她若有所思的說：「你們知道嗎？住在小島上的這段日子，我一直覺得我們過著冒險般的生活，因為隨時有不一樣的事情發生，彷彿天天都是星期天。但我現在開始覺得，這樣的生活其實也不賴。」

其他人靜靜聽著，等著姆米媽媽繼續說下去。

「當然，我們不能一直過著冒險般的生活，這種生活總有一天得結束。我有點害怕，擔心某天會突然變成星期一，到時候，我恐怕無法相信現在的生活是真實的……」姆米媽媽說到這兒就停了下來，略帶遲疑的看著姆米爸爸。

「現在的生活當然是真實的。」姆米爸爸對姆米媽媽的這番話感到相當吃驚，「就算妳覺得天天都是星期天，那也沒有關係啊！畢竟我們早就遺忘了這麼棒的感覺。」

「你們到底在說什麼啊？」米妮不解的問。

姆米托魯伸展了一下雙腿。他也有屬於自己的心事，他一心掛念著莫蘭。「我想出去一下。」他說。

大家好奇的看著姆米托魯。

「我想呼吸一點新鮮空氣。」姆米托魯不耐煩的說：「我受不了一直悶在這個地方。我需要運動一下。」

「你聽著！」姆米爸爸正打算開始對姆米托魯說教，但姆米媽媽卻說：「好吧，你去吧！如果你想到外頭去，那就去吧！」

「這孩子到底怎麼了？」姆米托魯離開後，姆米爸爸馬上問姆米媽媽。

「我想，這孩子可能正在長大，所以覺得很痛苦。」姆米媽媽回答：「他也搞不清楚自己到底怎麼了。你總是不明白他漸漸長大，還一直把他當成小孩子看。」

「因為他還很小啊！」姆米爸爸表示，顯得十分驚訝。

姆米媽媽笑了一下，轉頭撥弄壁爐裡的爐火。比起蠟燭的燭光，爐火實在亮多了。

*

莫蘭坐在沙灘上等待姆米托魯。姆米托魯走向莫蘭，但是手裡沒有煤油燈。他站在小船旁看著莫蘭，沒有辦法為她點燈。

姆米托魯可以聽見小島的心跳聲，也能聽見石頭與樹木悄悄遠離大海的聲音。他阻止不了這些事情發生。

突然間，莫蘭開始唱歌了。當她隨著歌聲舞動身體時，長裙也跟著擺動。莫蘭用力踏著沙灘，盡可能表現出自己非常高興見到姆米托魯的心情。

姆米托魯相當驚訝，不自覺的往前走去。他相當肯定，莫蘭感到十分開心，一點也不在意他沒有帶來煤油燈。只要姆米托魯來到沙灘，就已經讓莫蘭無比開懷。

姆米托魯就這樣站著，直到莫蘭跳完她的舞蹈。他看著莫蘭走向海邊，漸漸消失無蹤。姆米托魯走到她原本站立的地方，感受那片沙灘的溫度。沒想到那片沙灘並未結冰，反而與平時的溫度一樣。他專注的聆聽著，然而他現在只能聽見海浪的聲音，小島似乎突然間睡著了。

姆米托魯又回到燈塔去，此時其他人都沉睡，只剩下壁爐裡的餘燼閃著微光。他爬上床，縮起身子。

「莫蘭有沒有說什麼？」米妮突然開口問姆米托魯。

「她很開心。」姆米托魯輕聲回答：「她甚至沒發現我沒帶煤油燈去。」

*

漁夫生日那天，天空相當晴朗，但是狂風依舊吹個不停。

「快點起床！」姆米爸爸大聲喊著：「一切又恢復正常了！」

姆米媽媽的鼻子伸出棉被外，說道：「我知道。」

「不！妳不知道！」姆米爸爸高傲的大聲宣布：「小島又平靜下來了，一切不再可怕了！樹叢回到原本生長的地方，剩下的樹木也會盡快回到原位。關於這一切，妳有什麼看法？」

「噢！那真是太好了！如果到處都是動來動去的樹木，我們根本難以好好舉辦一場生日派對啊！想想看，如果到處都是樹木移動時拖曳的泥巴，那有多麼糟糕啊！」姆米媽媽思考了一會兒，又開口說：「不知道樹木會回到原本生長的地方，還是會選擇新的地點定居下來？等樹木做出決定之後，請你記得告訴我，我想在樹木的根部放些海草。」

「妳真是貼心。」米妮讚美姆米媽媽，她看著窗外，表情顯得相當失望，「所有的事物又回到原本的模樣了。我本來還以為小島會沉沒，或者漂流到遠方，或是被風吹到半空中！沒想到什麼事都沒發生！」

米妮以一種埋怨的眼神看著姆米托魯，他卻笑了出來。

「其實還是發生一些事情啊！」姆米托魯說：「畢竟不是每個人都有辦法將整座森林放回原處。」

「你說得沒錯！」姆米爸爸興高采烈的表示：「不是每個人都做得到這件事，而且事後不為此自豪！」

「姆米爸爸看起來心情很好喔！」米妮說：「但是，你們是不是應該也要關心一下那箱威士忌的下落呢？」

姆米爸爸和姆米托魯立刻跑到窗戶旁。威士忌還放在海岬上，但海岬已經漂移到大海遠處。

「我可以不吃早餐。」姆米爸爸邊說邊戴上他的帽子，「但是一定得去看看海水漲了多高。」

「你到海邊的時候，順便留意一下漁夫的狀況。」姆米媽媽提醒他：「並且趁機邀請他來我們這裡慶生。」

「沒錯！」米妮大喊：「想想看，說不定他今晚還有別的約會呢！」

但是漁夫失蹤了。或許他躲到灌木叢裡去了，獨自坐在裡面思考著：「今天是我的生日呢！」

＊

姆米媽媽做好了生日蛋糕，插好蠟燭，放在餐桌上。姆米一家在房間裡掛了許多山梨和杜松的樹枝，米妮還摘了些野生的薔薇果。

「你為什麼這麼安靜？」米妮問姆米托魯。

「我在思考。」姆米托魯回答。他在蛋糕周圍擺放了一圈小石頭。

「你是怎麼讓莫蘭變溫暖的？」米妮又問：「我昨晚跑去海邊，發現沙灘完全沒有結冰。」

「妳在說什麼啊？」姆米托魯害羞得滿臉通紅，「妳不可以告訴別人這件事喔！」

「你以為我是那種愛說閒話的人嗎？」米妮回答：「我才懶得管別人的祕密呢！更不可能到處宣揚別人的私事，反正到頭來那些祕密自然會曝光。你最好相信我的話，這座小島上充滿了各種祕密，而我什麼都知道！」米妮露出虛偽的笑容，一溜煙的跑開。

姆米爸爸得意洋洋的扛著一堆木柴上樓。「姆米媽媽不懂得如何劈柴，但是她鋸木頭的技術倒是不錯。」他說：「我必須在木柴邊騰出足夠的空間，這樣我們才能夠一起工作。我劈柴，她負責鋸木頭。」

姆米爸爸將木柴丟在壁爐旁邊，問大家：「你們覺得，我可以把我的舊帽子送給漁夫當生日禮物嗎？我已經不想戴它了。」

「可以啊！反正你已經有燈塔管理員的帽子了。」姆米托魯說。

姆米爸爸點點頭，利用小鐵梯爬到閣樓上，想找幾張紙做成盒子，以便包裝禮物。正當他準備打開某個箱子時，突然看見牆上還有一張寫了詩句的紙。他之前從來沒有發現過這首詩，於是馬上讀起燈塔管理員孤單又潦草的字跡：

十月三日也就是今天，
這個日子沒有人發現，
我的生日就要說再見，
被西南風吹得好遙遠。

「今天剛好是十月三日啊！」姆米爸爸吃驚的想：「想不到今天也是燈塔管理員的生日！真是太巧了！」

姆米爸爸找到了幾張紙，又從小鐵梯爬下來。

大夥兒正忙著討論如何帶漁夫到燈塔這兒來。

「他才不可能來這裡呢！」米妮說：「他很怕燈塔，總是故意繞遠路，就是不肯走到燈塔附近。」

「有沒有什麼東西可以吸引他過來？」姆米托魯提出建議：「例如一些漂亮的東西。我們應該為他唱首生日快樂歌嗎？」

「你的點子真是爛透了！」米妮表示：「這樣會嚇跑他的。」

姆米媽媽站起身來，堅定的走到門邊。「只有一個方法可行。」她說：「也就是最傳統的老方法。我要親自去邀請漁夫。米妮可以一起來，幫我把漁夫從樹叢裡拉出來。」

*

當姆米媽媽和米妮走到樹叢時，漁夫正坐在那兒，頭髮上還插著一朵百里香。漁夫站起身來看著姆米媽媽和米妮，彷彿等著她們開口說話。

「祝你生日快樂。」姆米媽媽客氣的說。

漁夫嚴肅的點點頭。「妳是頭一個記得我生日的人。」他告訴姆米媽媽：「我感到相當榮幸。」

「我們打算在燈塔替你舉辦一場生日派對。」姆米媽媽接著說。

「在燈塔舉辦生日派對？」漁夫皺起眉頭，「我不想到那個地方去。」

「你聽我說。」姆米媽媽冷靜的表示：「你不需要看見燈塔。你只要緊緊閉上眼睛，讓我牽著你的手走過去。米妮，請妳馬上跑回去準備咖啡，點燃蛋糕上的蠟燭，謝謝妳。」

漁夫一聽便閉上眼睛，朝著姆米媽媽伸出手。她牽著漁夫走過石南樹叢，小心的回到燈塔。

「現在請你跨出一大步。」姆米媽媽對漁夫說。

「我知道。」漁夫回答。

燈塔的大門打開後，漁夫不肯往裡面走。

「我們準備了蛋糕，特別布置了整個房間。」姆米媽媽表示：「還為你準備了生日禮物。」

姆米媽媽牽著漁夫跨過門檻，爬上樓梯。狂風在燈塔外呼嘯，窗戶不斷發出聲響。姆米媽媽感覺到漁夫的手在發抖，連忙安撫他說：「別害怕，這只不過聽起來有點恐怖，但其實一點也不危險。我們馬上就到了。」

她打開房間的門，再對漁夫說：「你現在可以睜開眼睛了！」

漁夫好奇的環顧四周。儘管還不到黃昏，但是蛋糕上的蠟燭已經點燃。餐桌看起來相當漂亮，不但鋪上了白色桌布，桌角還擺著綠色的植物。姆米一家人站成一排，等待著漁夫大駕光臨。

漁夫一直盯著蛋糕看。

「我們只剩下三根蠟燭。」姆米媽媽一臉抱歉的向漁夫解釋：「可以請教你今年幾歲嗎？」

「我不記得了。」漁夫喃喃自語的說。他的眼神焦慮的四處張望，一會兒看看這扇窗，一會兒又看看那扇窗，接著他又抬起頭，望著通往閣樓的活板門。

「祝你生日快樂！」姆米爸爸說：「請坐！」

漁夫依舊站著，並且慢慢往門邊移動。

米妮突然以她最大的音量對著漁夫大喊：「給我坐下！你最好聽話一點！」

漁夫嚇了一大跳，急忙跑到餐桌旁坐下。在他還搞不清楚發生什麼事情之前，姆米媽媽已經替他斟上咖啡，姆米爸爸則打開裝著帽子的禮物盒，將帽子戴在漁夫的滿頭亂髮上。

漁夫坐得相當端正，目光試圖往上偷瞄帽子，但是他一口咖啡都沒喝。

「吃點海草吧！」米妮提出建議，將一個以紅色樹葉包裝的禮物交給漁夫。

「妳可以自己享用。」漁夫客氣的回答。姆米一家人都笑了

起來，他們覺得漁夫充滿機智的回答相當有趣。這麼一來，派對的氣氛馬上就變得輕鬆許多，大夥兒也開始愉快的交談，讓漁夫自己一個人獨處片刻。過了一會兒，漁夫終於喝了一口咖啡。他皺起眉頭，在咖啡裡加了八顆糖，才一口氣喝光。

漁夫接著打開姆米托魯送他的禮物，都是姆米托魯以前留在海邊要送給海馬的東西，包括一些碎玻璃、幾顆小石頭，還有四個銅製的砝碼。漁夫盯著那四個砝碼，說了一聲：「嗯！」隨即又打開最後一份禮物，裡面是一個貝殼，貝殼上刻著一句話：「來自大海的禮物」。漁夫又說了一聲：「嗯！」

「這禮物是最棒的一個！」姆米托魯說：「這個貝殼被大海沖到沙灘上。」

「真的嗎？」漁夫問。他的視線望向書桌最下層的抽屜。

漁夫站起身來，慢慢走向書桌。姆米一家人好奇的看著漁夫，他們也很驚訝漁夫收到禮物之後竟然沒有說聲謝謝。

天色漸漸變暗，夕陽餘暉照在牆壁上的蘋果樹。蛋糕上的三根蠟燭持續燃燒著。

漁夫看見暫時放在書桌上的鳥巢。

「這個鳥巢應該在煙囪裡才對！」漁夫語氣堅定的表示：「它在那兒已經好幾年了！」

「我們想過要把它掛在窗外。」姆米媽媽連忙充滿歉意的向漁夫解釋：「但是還沒有時間這麼做……」

漁夫站在書桌前，望著鏡子。他看見自己頭上戴著姆米爸爸的帽子，頓時覺得自己變得好陌生。他的視線又轉向拼圖，隨手拿起一塊拼圖片，俐落的放在正確的位置。他動作靈巧的開始拼起拼圖，姆米一家人全都站在他的身後，靜靜看著他完成。

漁夫完成了這幅拼圖，圖中是一群鳥兒飛過燈塔。漁夫轉過身，眼睛注視著姆米爸爸。

「現在我想起來了。」漁夫

說：「我們戴錯帽子了。」

他拿下自己頭上的帽子，交還給姆米爸爸。他們兩人互換帽子時都沒有開口說話。這下子，漁夫又變回燈塔管理員的身分了。

他扣上燈芯絨夾克的鈕釦，套上長褲，拿起自己的杯子，問姆米媽媽說：「還有咖啡嗎？」

姆米媽媽馬上衝到爐子旁拿來咖啡壺。

大夥兒全都坐在餐桌旁，但是找不到話題可聊。燈塔管理員逕自吃起蛋糕，姆米一家人則略帶害羞的看著他。

「我在其中一面牆壁上畫了一些圖畫。」姆米媽媽羞怯的開口。

「我看見了。」燈塔管理員回答：「一幅風景畫。我覺得這幅畫可以讓這個房間有點改變。妳畫得很好。妳還打算在其他的牆面上畫些什麼嗎？」

「我或許會畫上地圖。」姆米媽媽表示：「我想畫小島的地圖，將石頭和樹影全都畫出來，或許還會標示出池水的深度。我丈夫非常擅長測量池水的深度。」

燈塔管理員讚賞的點點頭。姆米爸爸覺得很開心，但他還是不知道應該說些什麼。米妮用她閃閃發亮的眼睛看著每個人，顯然覺得此刻的畫面十分有趣。雖然她很想說些不合適的話題，終究還是忍住了。

蛋糕上的蠟燭熄了兩根，蠟油滴在蛋糕上。房間裡變得陰暗起來，屋外的暴風雨持續呼嘯著，屋內卻顯得非常安靜。姆米一家人的夜晚很少像現在這麼平和。

姆米托魯突然想起莫蘭，可是他不覺得自己應該想起她。儘管他稍後可以像平常一樣到沙灘上和莫蘭碰面，但也不是非去不可。姆米托魯隱約覺得，她應該已經不在乎失望的感受了。

姆米爸爸終於開口說話了：「我在你的海岬那兒放了一箱威士忌，你覺得這陣風還會吹很久嗎？」

「一旦吹起了西南風，可能要過好幾個星期才會停下來。你的那箱威士忌很安全，不需要擔心。」燈塔管理員說。

「過一會兒之後，我想到外面看看天氣的狀況。」姆米爸爸說著，把菸絲裝進菸斗裡，「你覺得小船會不會出事呢？」

「這個你也不必擔心。」燈塔管理員表示：「現在是新月，不會再漲潮了。」

第三根蠟燭也熄滅了，現在只剩下壁爐的火光映照在地板上。

「我洗乾淨了你的床單，雖然它原本就很乾淨。」姆米媽媽說：「你的床還擺放在老地方。」

「謝謝妳。」燈塔管理員向姆米媽媽道謝，從餐桌旁站起身來，「我今天晚上想睡在燈塔的閣樓上。」

姆米一家與燈塔管理員彼此互道晚安。

「我們是不是應該到海岬一趟？」姆米爸爸問姆米托魯。

姆米托魯點點頭。

＊

姆米爸爸與姆米托魯走到燈塔前，新月高掛在東南方的天空。彎彎的新月代表著一個嶄新月份的開始——一個邁入秋季的陰暗月份。姆米爸爸與姆米托魯朝著石南樹叢的方向走去。

「爸爸，我有點事情要去海邊。」姆米托魯說：「我和朋友約好在沙灘上碰面。」

「好啊。你去吧！」姆米爸爸表示：「明天見。」

「再見。」姆米托魯回答。

姆米爸爸繼續往前走，穿過整個小島。他心裡沒有惦念著那箱威士忌，也沒有想著海岬。「何需掛念著某一個海岬呢？我擁有那麼多個海岬！」姆米爸爸心想。

他來到海邊，眼睛注視著海浪。「這裡就是大海，我的大海！一波接一波的海浪隨意激起泡沫，狂放的捲起浪花，卻又如此寧靜。」姆米爸爸心中所有的想法與思緒全都消失，他整個人充滿精神，從耳尖到尾巴都活力十足。現在正是好好享受人生的最佳時刻。

姆米爸爸轉過身，望著整座小島。「這是我的小島！」姆米爸爸心想。他看著燈塔的光芒照耀在海面上，悠長而平穩的光束投向海平線的那方，之後又慢慢轉回到沙灘上。

燈塔的燈終於可以正常運作了。

故事館29

姆米爸爸航海記

Pappan och havet

作　　者　朵貝・楊笙（Tove Jansson）
譯　　者　李斯毅
封面設計　達　姆
責任編輯　丁　寧
校　　對　呂佳真

國際版權　吳玲緯　蔡傳宜
行　　銷　闕志勳　吳宇軒　陳欣岑
業　　務　李再星　陳紫晴　陳美燕　葉晉源
副總編輯　巫維珍
編輯總監　劉麗真
總 經 理　陳逸瑛
發 行 人　凃玉雲
出　　版　小麥田出版
10483台北市中山區民生東路二段141號5樓
電話：(02)2500-7696　傳真：(02)2500-1967
發　　行　英屬蓋曼群島商家庭傳媒股份有限公司
城邦分公司
10483台北市中山區民生東路二段141號11樓
網址：http://www.cite.com.tw
客服專線：(02)2500-7718｜2500-7719
24小時傳真專線：(02)2500-1990｜2500-1991
服務時間：週一至週五09:30-12:00｜13:30-17:00
劃撥帳號：19863813　戶名：書虫股份有限公司
讀者服務信箱：service@readingclub.com.tw
香港發行所　城邦（香港）出版集團有限公司
香港灣仔駱克道193號東超商業中心1/F
電話：852-2508-6231　傳真：852-2578-9337
馬新發行所　城邦（馬新）出版集團 Cite(M) Sdn. Bhd.
41, Jalan Radin Anum, Bandar Baru Sri Petaling,
57000 Kuala Lumpur, Malaysia.
電話：+6(03) 9056 3833　傳真：+6(03) 9057 6622
讀者服務信箱：services@cite.my
麥田部落格　http://ryefield.pixnet.net
印　　刷　前進彩藝有限公司
初　　版　2016年7月
初版五刷　2023年3月
售　　價　280元

ISBN 978-986-93214-6-4

國家圖書館出版品預行編目資料

姆米爸爸航海記／朵貝・楊笙（Tove Jansson）著；李斯毅譯. -- 初版. -- 臺北市：小麥田出版：家庭傳媒城邦分公司發行, 2016.07
　面；　公分
譯自：Pappan och havet
ISBN 978-986-93214-6-4（平裝）

881.159　　105008421